「お前は我が家の専属狩人になれ。
特別に従士として分家を興すことを許す」
「お断りします」
「なんだと、貴様……
五男の分際で、当主の俺に
逆らう気か!!」
クーン
転生者。

「面白そうなやつがいたから連れて来たんだよ」
カムイ
気さくで明るい謎の剣士。

「何それ……捨て猫じゃないんだから返してきなさいよ、馬鹿親父」

「こいつ、今日からうちで暮らすから」

「――はあああああっっ⁉」

「あらあら、私、息子も欲しかったのよねぇ」

アリサ
カムイの娘。思春期。

メル
カムイの妻。魔法の達人。

「こうなったからには一蓮托生だ。俺達でなんとしてでも帰ろう。カムイの……父さん達のところへ」
「――う、うんっ！」

転生したら没落貴族の五男だったので温かい家庭を目指します！

～騎士から始める家族計画～

しんこせい

illust. コダケ

tensei shitara

botsuraku kizoku no

gonan dattanode atatakai katei wo

mezashimasu!

CONTENTS

tensei shitara

botsuraku kizoku

no gonan dattanode

atatakai katei wo

mezashimasu!

Shinkosei & Kodake

Presents

プロローグ

肉体を冒《おか》す熱。

体の中で生き物が暴れ回っているかのような激痛。

死、という言葉が脳裏をよぎる。

今までどこか縁遠く、自分とは関係ないとばかり思っていたその一文字が、今は何よりも身近に感じられた。

絶《た》え間《ま》ない痛みの中で、意識が混濁《こんだく》していく。

すると俺の思考の中に、明確なノイズが混ざるようになった。

最初はただの雑音でしかなかったそれが、次第に輪郭《りんかく》を取っていく。

そして突如《とつじょ》として、頭の中に膨大な情報が流れてくる。

荒れ狂う濁流《だくりゅう》のような情報は、神宮寺《じんぐうじ》悠斗《ゆうと》として生きてきた、俺の前世の記憶だった。

ラーク王国ではない。いや、それどころかこの世界ですらない異世界——地球の日本で暮らしていた頃の記憶だ。

前世の俺は、生まれて間もない頃に飛行機事故で両親を亡くしていた。

だから両親のことは、じいちゃんから聞いている情報でしか知らない。

投資銀行で優に月１００時間を超える残業をして、毎日終電で家に帰ってきていたという父さん。

育休を六ヶ月で切り上げて、そのまま構造設計建築士としての仕事を再開したという母さん。

そんな風にとんでもない社畜体質だった二人は俺に、かなりの遺産を残してくれた。

積み立てていた投資信託と、両親が入っていた外資系保険会社の掛け捨ての死亡保険のおかげで、俺にはつつましく生活すれば何もしなくても生きていけるくらいの遺産が入ってきた。

けれど俺は親戚に遺産を食い物にされたりするようなこともなく、しっかりと育ててもらうことができた。

一体この人からなんで堅物《かたぶつ》な父さんが生まれたんだろうと思うくらい適当で愛情深いじいちゃんが、俺の面倒を見てくれたから。

『いいかぁ、悠斗』

ごつごつとした手のひらが、俺の頭をがしがしと撫《な》でる。

その無骨ながらも優しさを感じさせる手が、俺は大好きだった。

『家族は絶対に守らなくちゃあいかん。大切な人を見つけたら、その人と家族になって、一生をかけて守る。それが男の本懐《ほんかい》ってもんだ』

『わかった！』

熊本生まれ熊本育ちでキツい訛《なま》りの残っているじいちゃんは、家族を何より大切にする人だった。

じいちゃんの考え方は、近頃の価値観からするといささか古くさいものなのかもしれない。

けれどそれは、父さんや母さんからの愛情に飢えていた俺には、何より魅力的なものに思えたのだ。

前世の俺は、常に満ち足りない気持ちを抱えていた。

そして何かを成すこともできぬまま、大学生のうちに死んでしまった。

だから、今度こそは——。


「はあっ、はあっ……今のは……」

なんとか起き上がる。

高熱が出続けているからか、上半身を起こすのにも一苦労だ。

高熱とあまりの情報量に爆発しそうになっている頭を、必死になって動かす。

俺の名前は……クーン・フォン・ベルゼアート。

ベルゼアート子爵家の五男。

……うん、しっかりと自分が誰なのかもわかるな。

前世の記憶もあって少々混乱はしているものの、両者の人格は綺麗《きれい》に一つにまとまっている。

そして前世の記憶から思い出すと、この現状ってのはつまり……。

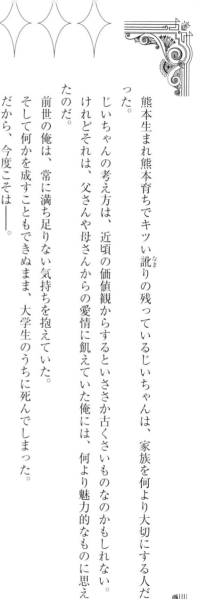

「異世界転生、ってやつか」

前世でよく読んでいた、WEB小説なんかによくあったやつだ。

その時は、まさか自分の身に起こるなんて思っていなかったが……こうして二度目の人生を与えられたのなら、今度こそきちんと生をまっとうしたいところだ。

「にしても……俺って、恵まれてたんだなぁ」

俺の中には、悠斗として生きてきた記憶とクーンとして暮らしてきた記憶の二つがある。

二つの人生経験のある俺だからこそ、そう自信を持って言うことができる。

前世の俺は、恵まれていた。

たしかに両親はいなかったかもしれないけれど、俺にはじいちゃんがいたから。

遺産を俺の教育資金に回してくれたじいちゃんのおかげで、塾や短期留学の費用なんかも問題なく払うことができたし、大学だって奨学金を借りることなく通うことができていた。

「ごほっ、ごほっ……そして今世は見事に見捨てられてるな。いっそすがすがしいくらいに」

対して今世の両親はというと……論外だ。完全に親としての役目を放棄《ほうき》しているとしか思えない。

高熱を出して死にかけているというのに、父さんも母さんも、まともに見舞いにも来やしないんだからな。

貧乏子爵家の五男坊なんて、成人したら真《ま》っ先《さき》に家を追い出される穀潰《ごくつぶ》し扱《あつか》い。

死んだところでなんとも思われやしないだろう。

むしろ食《く》い扶持《ぶち》が減ってありがたいとすら思われるかもしれない。
「こんなところで……死んで、たまるかよ」
今世の俺は、お世辞にも恵まれているとはいえない人生を送っている。
だがだからこそ、強い渇望《かつぼう》があった。
死にたくない。
こんなところでは終われない。
だって俺は……まだ何も成していない。
ここから、ここから始めるんだ。
覚醒《かくせい》した今この瞬間から——新たに生まれ変わった、俺の第二の人生を。

第一章　子爵家の日々と、そこでは得られないもの

「ん……もう朝か……」

ちゅんちゅんと鳴き出す小鳥の声を聞いて目を覚ます。

カーテンを開き木戸をあければ、眩《まぶ》しい太陽の光が視界に飛び込んでくる。

――俺が前世の記憶を取り戻してから、既《すで》に一週間が経過していた。

体温計なんてものがないので自分の感覚に頼るしかないが、ようやく熱も下がって体調も落ち着いてきた。

しっかしまともに栄養を取っていないせいか、病気の治りが遅い。

治りかけの状態がこんなに長引くとは思ってなかった。

今後のことを考えると、食事内容の改善は急務だな。

「憂鬱だけど……行くしかないか……」

体調が治ったので、今日からはしっかりと食事に顔を出すように言われている。

正直なところ今世の家族にはまったくといっていいほどいい思い出がないんだが……衣食住の面倒を見てもらっている以上、あまり下手なことをするわけにもいかない。

「クーン、体調の方はもう良くなったのか？」

「はい、おかげさまで」

食堂に入ると、いわゆるお誕生日席にいる人に声をかけられる。

比較的がっしりとした体格をしている彼は、ラッツ・フォン・ベルゼアート。

このベルゼアート子爵家の当主であり、俺の父だ。

正直なところ、俺はこいつも母のサラも自分の両親だとは思えていない。

「そうか、今後は我が家に迷惑をかけないように」

……とまあ、こんなことばかり言われれば、情が湧《わ》かないのも当然だろ？

とても病み上がりの実子にかける言葉ではないと思うんだが、父の発言を聞いても母は何も言わない。

このラッツはかなりの癇癪《かんしゃく》持ちで、一度キレると手がつけられないからだ。

ちなみにラッツに殴られると、そのストレスでサラも俺に暴力を振るってくる。

そしてそんな光景を見て育ってきた兄達は、それを当然のこととして受け入れている。

記憶を取り戻すまでは、当人である俺もそれが当たり前だと思っていた。

こんなやつらを家族だと思えというのが、土台無理な話なのだ。

俺はさっさとその場を去るべく、食事を済ませることにした。

今日の飯はポリッジのような薄い粥《かゆ》に葉野菜のサラダだ。

新鮮な葉野菜を貴族パワーで運び込んで……などということはなく、普通に家の裏にある畑で自家栽培したものだ。

この粗末《そまつ》な食事内容から察することができるだろうが、うちのベルゼアート家は非常に貧《まず》しい。

貴族なのに食事に肉が出てくるのは稀《まれ》で、飯は基本ポリッジか堅い黒パンのみ。

サラダが出ている今日は比較的豪勢な方と言える。

ちなみにドレッシングなんて大層なものはないため、塩をかけて食べるので非常に青臭い。

「…………」

食事の最中に会話はほとんどない。

ラッツが会話を振っても、下手に怒らせないよう皆一言二言で会話を終わらせてしまうからだ。

ラッツはつまらなそうにワインを口に含んだ。

こいつは当然ながら酒癖《さけぐせ》も悪い。

聞くところによると、借金までしているようだ。

男の駄目なところを煮詰めたようなやつである。

こんなやつが子爵を名乗るだなんて、世も末だ。

ベルゼアート子爵領は、実は結構広い。

領土面積だけで言うなら、南方の雄《ゆう》と言われるサザーエンド辺境伯領と変わらぬほどの広さがあるのだ。

そんなに広い領地があるのになんでこんなに貧しいのかと言えば……ほとんど開拓が進んでいないからだ。

子爵領は、四方を森に囲まれている。

西側には凶悪な魔物の暮らす魔の森と呼ばれている場所があり、残る三方も魔の森ほどではないがそこそこ強い魔物の出現する森林地帯になっているのだ。

大した特産品もなく、四方を魔物の出現する森に囲まれている。

他の貴族領に向かうまでにはかなりの距離があるため移動も簡単ではないとなれば、わざわざ好き好んでやってくる物好きはいない。

そのためうちの子爵家は余所《よそ》とほとんど交易すらせず、商人も立ち寄ることなく、領民達が結婚をして子供を産んで徐々《じょじょ》に徐々に人口が微増している状態だ。

「父上、それでですね……」

さっきからしきりに長男のザックが昨日あった出来事について話しているのを聞き流しながら、現状について思いを馳《は》せる。

ベルゼアート子爵家が爵位を授かっているラーク王国では、基本的に男系の長子相続が主流だ。

なので順当にいけば長男のザックが跡目を継《つ》ぐことになる。

次男のペードはそのスペアで、三男のロウはそのまたスペア。

四男のバーグラーと五男の俺クーンはスペアとしての価値がないため、成人すると同時に家を追い出される。

現在俺の年齢は五歳。

この世界では成人は十二歳なので、あと七年したら着の身着のままで家を追い出されることになる。

それまでになんとかして力をつけなくちゃいけない。

魔物が出現する剣と魔法の異世界であるこのドーヴァー大陸を身一つで生きていくには、力が必要だからだ。

「ごちそうさまでした」

さっさと食事を済ませると、俺はそのまま書斎へと向かうことにした。

この国では本は割と安価なものだったりする。

なんでも転写の魔道具とやらである程度大量生産ができるかららしいが……子供の俺にそこまで詳しいことはわからない。

なんにせよ、こうして気軽に本を手に取ることができるのはありがたい。

「魔法学基礎……これがちょうどよさそうか」

実はうちのような貧乏な貴族家はたくさんいる。

というのも、この世界における魔物は、かなり強い。

いや、弱い魔物は根絶させてしまうため、強いものだけが残っているって言い方が正しいかな。

人類が開拓できているのは大して強くない魔物が棲《す》んでいた限られた領域だけであり、人が暮らす領域よりも魔物が生息している領域の方がはるかに広い、というのがラーク王国の実情である。

ただそんな風にわりと殺伐《さつばつ》としている事情のおかげで、この国は常に即戦力を欲している。

そのため人間が魔物に抗《あらが》う術《すべ》である魔法に関する本は、国が補助金を出しているため貴族家には無償で配られるようになっている。

貧乏であるうちでもある程度まとまった蔵書があるのは、それが理由だ。

ちなみに余談だが、魔法の書は小さな村でもかなり安価で購入ができるため、この世界では識字率《しきじりつ》は非常に高い。

「しっかし魔法かぁ……なんだかちょっとワクワクしてくるな」

魔法という言葉を聞いてときめかない男児はいない。

自分が炎や雷なんかを出して敵を圧倒する光景を想像すると、むふふと子供らしからぬ笑みが浮かんでくる。

勉強は嫌いじゃない。前世じゃあ実生活に使わなそうな古文漢文だって必死になって勉強してきたんだ。

しっかり学べば戦えるだけの力が手に入るっていうんなら、いくらでもやってやる。

「タイムリミットもあるし、身を入れて勉強しなくっちゃな」

俺は革張りの分厚い本をゆっくりと開き、魔法の書を読み進め始める。

『この世界の魔法は火・水・風・土・光・闇・時空という七つの属性によって構成されている。魔法の練達《れんたつ》において一番大切なのは、自分の得意な属性に絞《しぼ》って才能を伸ばしていくことだ。得意属性とそうでない属性では、成長度合いが著《いちじる》しく違う。故《ゆえ》に魔法を覚えたいと思った諸君は、まず最初は測定球を使って自分の得意属性を確かめなければならない』

魔法の書の序文を読んだところで一旦読むのをストップし、言われた通りに測定球を用意することにした。

これは書斎の中に埃《ほこり》を被《かぶ》って置いてあったので、簡単に用意することができた。

見た目は手乗りサイズの地球儀に近い。

球体の周囲を囲うように金属の板が張《は》り巡《めぐ》らされていて、持ち手のところにボタンのようなものがついている。

「えっと……ここに手を触れればいいんだよな」

指示の通り、測定球のボタン部分に手を触れる。

なんでもこいつの光り方で得意属性とおおよその魔力量がわかるらしいけど……。

するっと、指先から何かが吸い取られるような感覚があった。

なるほど、これが魔力か……。

今の感覚を忘れないようにしようと反芻《はんすう》していると、測定球が光り出す。

赤色に光り、その中に青色が混じり、緑色、橙色《だいだいいろ》、白色、黒色、紫色が混じっていき……

色んな色をぐちゃぐちゃに混ぜ合わせたような謎の光が、視力を奪うレベルの殺人光線で放た

れた。

「うおおっ⁉」

反射で目を閉じると、網膜《もうまく》の裏で光の爆発が起きた。

ゆっくりと目を開けると、そこにはブスブスと煙を上げる測定球がある。

「こ、壊しちゃった……？」

試《ため》しに魔力をもう一度流そうとするが、何度ボタンを押しても一切反応してくれない。

どうやら完全に壊してしまったようだ。

ま、まあいい。よくはないけど……一旦棚上げしておこう。

七色に光ったってことは……とりあえず七属性全部は使えるってことでいいのかな？

これだけ光が強いってことは、魔力量にもかなり期待が持てそうだ。

とりあえず壊れた測定球を何事もなかったかのように戻しておく。

うちの家系に魔法を使える人間は一人もいなかったはずなので、まあバレないだろう。

バレない……といいな。

ちょっとだけビビりながら、読書を再開することにした。


「――ふぅむ、とりあえず座学はこれくらいにするか」

魔法学基礎を読み終えたところで、実技に移ることにした。

何せさっきの測定球爆破事件の結果、俺にはかなりの量の魔力があるらしいことがわかっている。

魔力があればその分練習できる回数も増えるだろうから、実地で試していった方が早いだろう。

俺は基本的に、説明書を読まずにチュートリアルもすっ飛ばしてゲームを始めるタイプだ。既に身体がうずうずしてきている。

「外でやりたいが……人目が怖いしこのまま自室でやるか」

水魔法や風魔法みたいな処理が簡単な魔法にすれば、問題も起こらないだろう。

「えーっと……？」

さっき読んだ本の内容を頭の中に思い浮かべていく。

――この世界の魔法は、簡単に言えば実際の物理現象を魔力というエネルギー源を使って引き起こすというものだった。

その工程は、ざっくり以下の三つに分けられる。

1　魔臓《まぞう》と呼ばれる臓器から、魔力を必要な分だけ循環させ、体外に押し出す
2　押し出す際に明確な魔法のイメージを行う
3　魔力を魔法に変える

というわけでまずは1からやっていくことにしよう。

先ほど測定球に魔力を流し込んだおかげで、魔力というものの存在に関してははっきりと知覚することができている。

今まで感じ取れなかったのが不思議なほど、自然に親しむことができていた。

魔臓の位置は下腹部の膀胱《ぼうこう》より少し上のあたりにある。

そこから魔力を、魔法に必要な分だけ取り出していく……適量がわからないから、とりあえず多めにしておくか。

続いて取り出した魔力を体内でぐるぐると回転させていく。

すると身体が芯《しん》の方から熱くなってくる。

熱が行き場を求めているのがわかる。

俺はまるで最初からそのやり方を知っているかのように、手のひらを前に出した。

グルグルと循環していた魔力が腕を通り手のひらへと向かっていく。

事前の想定通り、使うのは風魔法。

手のひらからそよ風を出すイメージで魔法を使う。

測定球に触れた時と同じ、自分の身体から魔力が抜けていく感覚。

続いて自分がしていたイメージに従い、魔力が魔法へと変質していく。

そして……ブワッとすごい勢いで前髪が宙に浮いた。

そよ風と言うより強風だ。オールバックになるレベルで髪がめくれ上がってしまった。

事前に魔力を込めすぎていたせいか、想定より大分勢いが強いな。

（ただ一発で成功したのはありがたい……どうやら俺には、魔法の才能があるみたいだ）

魔法学基礎では魔力の知覚ができてから初級魔法を使えるようになるまでに二週間で済めば早い方と記されていた。

それをこれだけ一瞬でできたとなれば……期待せずにはいられない。

こうして俺は魔法の練習にのめり込みながら、幼少期を過ごしていくことになる――。


魔法の勉強を始めてから四年ほどが経過し、俺は九歳になった。

俺が魔法の勉強を始めてから成人するまで、そのうちの半分が過ぎた計算になる。

魔法の学習状況は、若干《じゃっかん》の難はあるものの極《きわ》めて良好。

既に家にある蔵書は全て読破し、本から学び取れるものは全て吸収し尽くしたと言っていい。

魔法はその習得難易度から初級・中級・上級・帝級《ていきゅう》・極 級《きょくきゅう》の五つに分かれているんだけど、
俺は現状で七属性全てを、中級魔法まで使うことができるようになっている。

ただ、中級魔法と言っても世間一般でいうところのそれとは威力や使用する魔力の量が大きく違う。

その理由は魔法において最も大切なのは、イメージだ。

たとえば初級火魔法であるファイアボールを例に取ろう。

少なくともこの国においては、火とは精霊様がこの世界に顕現《けんげん》した証拠だとされている。

そして魔法を使用する際にイメージする火は、主に炊事《すいじ》の際に使われている炎だ。ちなみに余談だが、師匠によっては実際に炎で軽く手を炙《あぶ》らせて、その温度を理解させる者もいるらしい。

話を戻そう。

そのような文化的な教えの結果、一般的な魔法使い見習いは、火というものをそのようにイメージし、魔力を使用してファイアボールという魔法を発動させる。

対し前世知識を持っている俺は炎というものに対し、より深い造詣《ぞうけい》がある。

俺は炎が温度によってその色を変えることを知っているし、前世では動画で超高温の炎を見たこともある。

それに何より、炎は精霊の顕現ではなく、燃焼《ねんしょう》は物質が空気中の酸素と化合して行われる現象であることを理解している。

そのため俺が魔法を使うと、教本で言っているものと比べていささか過剰な威力の魔法を放つことができるし、使用する魔力も明らかに少なくて済んでいる。

なのでただの中級魔法の使い手よりは強いんだろうが……自分の強さがどのくらいのものなのかはほとんど実戦をしたことがないため、いまいちわかっていない。

ただ教本が一般的な中級魔法の分までしかなかったため、去年からは学習のスピードがガクッと落ちてしまっている。

間違いなく独学の限界なんだろうけど、流石《さすが》に中級魔法が使えるだけでは不安が残るので、ここ最近は前世知識を活用しながら自分で魔法を開発できないかと試行錯誤《しこうさくご》しながら頑張っている。

おかげでいくつかの上級魔法に相当するであろう魔法を生み出すこともできた。

上級が使えるようになればベテラン魔法使いの仲間入りと書いてあったので、魔法使いとしては最低限の実力は手に入ったはずだ。

個人的にはまだまだ上を目指したい。

最低でも帝級……可能であれば極級の魔法を一つくらいは奥の手として用意しておきたいところだ。

そのために必要なのは……やはり実戦だろう。

成人するまでにはまだ三年ほど時間があるが、ただでさえやれることがなくなってきているのだ。

そもそも屋敷の中では派手な魔法を使うこともできないしな。

裏庭や林に出て魔法の練習をするにしても、高威力の魔法をバカスカ使うわけにもいかない。

そんなことをしたら俺が魔法が使えるのがバレる。

爵位を継ぐつもりがない俺としては、家の問題から可能な限り距離を置きたいのだ。

だがこのまま屋敷の周辺を行動範囲にしているだけでは早晩《そうばん》頭打ちになるのは目に見えている。

というわけで俺はラッツの機嫌《きげん》がいいことを確認してから、タイミングを見計《みはか》らっていたある提案をするために動き出すのだった。

「森で狩りをしてもいいか……だとぉ？」

屋敷の外、というか領地内にある森の中に合法的に出たい。

そんな俺の提案に、ラッツは当然ながら訝《いぶか》しげな顔をした。

九歳児が何を舐《な》めたことを言っているんだと思っているんだろう。

ただ納得させるための理論武装も準備も、既に終えている。

「はい、僕は成人したら家を出て冒険者になるつもりです。なのでそのための予行演習として、魔物を相手にして戦う術を身に付けたいのです」

「お前はまだ九歳だろう、いくらなんでも……」

スッと、俺はポケットに入れていたあるものを取り出す。

それは——事前に森に入って手に入れておいた、ホロホロ鳥という鳥のササミジャーキーだった。

天日干《てんぴぼ》しで作っただけなので出来は粗末《そまつ》だが、一応噛んでるうちに肉の旨《うま》みが感じられるくらいの品にはなっている。

「もししっかりと狩りができるようになったら、食卓に肉を並べてみせます」

「ふむ……」

ラッツは俺の手からササミジャーキーをひったくるとすんすんと匂いを嗅《か》ぎ、そのまま口に含んだ。

くっちゃくっちゃと音を立てながら肉を噛むと、そのままわずかに頰《ほお》を緩《ゆる》める。

ほっ、これでようやく許可が……と思うと、いきなり視界がぐるんと反転した。

何をされたのか、一瞬遅れて理解する。

俺は――殴られたのだ。

「おい、残った肉はどうした？」

「ジャーキー作りの練習に……ふぐうっ!!」

俺の言い訳を最後まで聞くこともなく、ラッツが腹部に蹴りを入れる。

大の大人相手に力で勝てるわけもなく、俺は無様《ぶざま》に床をごろごろと転がった。

「ふざけるな！　これから狩った肉は全て俺に献上《けんじょう》しろ！　いいな！」

「は、はい、わかりました……」

「ふんっ！」

ラッツは最後にダメ押しで俺の頭を踏《ふ》みつけると、そのまま肩をいからせながら去って行った。

一応許可はもらえたが……全身が痛いな。

自室に戻り、即座に光魔法であるハイヒールを発動させる。

「……いてて、口の中まで切れてるよ」

現状俺が一番上手く使えるのは、回復魔法のある光属性だ。

ラッツの癇癪で殴られたり、サラやザック達にストレスのはけ口にされたりすることがわりと日常茶飯事なので自然と上達したのだ……我ながら、なんと悲しい理由だろう。

この家の人間は、俺のことをまともに扱う気がない。

体のいいサンドバッグか何かだとしか思っていないのだ。

だから俺もあいつら同様、この家の人間を家族とは思っていない。

こんな家……さっさと出てってやる。

決意を新たに傷を治すと、俺はさっそく森の中へと入っていくのだった――。


「キシャアアアアッッッッ!!」

周囲に展開しているのは人型をした異形だった。

優に二メートル以上ある身長に、プロレスラーのように大きい横幅。

そんな筋骨隆々とした肉体は青い鱗《うろこ》に覆われ、頭部にはトカゲのような顔がついている。

リザードマンと呼ばれる魔物だ。

ここらで出てくる魔物の中では、強くもないし弱くもないやつだ。

肉が食えないので、俺としてはあまり美味しくない魔物である。

「邪魔！」

俺の頭上に三本の水の槍を生成、同時に射出。

狙い過たずリザードマンの腹に二本が刺さり、足を止めたリザードマンの頭を三本目の槍が射貫《いぬ》く。

どさりと倒れたリザードマンの肉体を持ち上げる。

どうせこのまま放置しても他の魔物の餌になるだけだし、将来のことを考えると素材は回収しておいた方がいい。

「結構埋まってきたな……」

手元でぐにゃりと空間が歪《ゆが》み、半月状に開いた。

リザードマンの肉体をその中に投げ入れる。

時空魔法の一つ、インベントリアという魔法だ。

魔法に重要なのはイメージだ。

そのためこの世界における時空魔法は習得が極めて難しい魔法として知られている。

そもそも時間と空間がなんなのかの知識の乏《とぼ》しいこの世界の人からするとって話で、前世で色々な物語に触れてきた俺からすれば余裕のよっちゃん（死語）だ。

色々と試行錯誤した結果、ドラ◯もんの四次元ポケットや拾ったものは全て収納が可能なRPGでよくあるリュックサックをイメージすれば、内容量を気にしなくていいほど大量に保存することができるようになった。

インベントリアに入れておけば時間経過も起こらないため、とりあえず素材は全部この中にぶち込むようにしている。

まあ、そのせいで素材の量がとてつもないことになってるんだけどね。

ちなみに、今では全属性の上級魔法を使うことができるようになっている。

といっても、本からの知識で推察《すいさつ》してるだけで、誰かからお墨付《すみつ》きをもらえたりしたわけじゃないんだけどさ。

これで実際魔法使いとして未熟だったりすると、ちょっと恥ずかしいよね。

戦い自体は問題なくできてるから、ある程度強いとは思ってるんだけど……比較対象がないからなぁ。

「お、血の匂いに引かれてきたな」

リザードマンの血の匂いに引き寄せられてやってきた猪《いのしし》の魔物であるグレイトボアーを見て、俺は思わず舌なめずりをしてしまう。

森にいる魔物の中だと、グレイトボアーは大当たりだ。

何せこいつは一匹から肉を大量に取れるし、前世で言うところのブランド豚なんか目じゃないほどに美味《うま》い。

スペアリブ一本として逃せない、欠食《けつしょく》児童の俺からするとありがたい魔物だ。

——森に入るようになってから一年。

十歳になった俺は魔の森以外の三方での環境に適応しながら、以前より充実した毎日を送るようになっていた。

「ほう……グロックバードか。こいつの肉はなかなか美味いからな、よくやった」

「はい、ありがとうございます」

この一年で、俺の屋敷の中での立ち位置が変わった。

今までは何もできない穀潰《ごくつぶ》しとして扱われていたけれど、肉を獲《と》るようになってきたことで使える穀潰しへとわずかにグレードアップしたのだ。

しっかりと肉を献上しているにもかかわらず、相変わらず穀潰し扱いだからな。

こいつらは俺のことを、召使いか何かだと勘違いしてるんじゃないだろうか。

下手に暴力を振るって俺が使い物にならなくなると困ると思ったのか、それとも魔物を狩れる俺の実力を警戒してか、ラッツや兄達から教育的指導（物理）が行われることはなくなった。

それでも当然のように渡した獲物は全部取られ、俺に出される料理には肉の一欠片《ひとかけら》も入っていないいんだけどさ。

俺がすねて肉を獲ってこなくなったらどうしようとか、こいつらは考えないんだろうか？

あまりに考えなしな行動には、怒りを通り越して呆れを覚える。

もう慣れたので、そういう対応をされても何も感じないけどね。

当たり前だけど、俺は獲ったものを全てラッツに渡したりはしていない。

なので、ここに来るまでに既に本当の夕食は済ませている。

今日はグレイトボアーが獲れたから一人猪肉フェスティバルを開催させてもらった。

あまり怪しまれたりしないように、定期的に肉を食卓に並べることができるくらいに……具体的には三日に一回くらい肉を提供している。

煮込み料理にすれば全員に行き渡らせることもできるくらいの量を渡しているんだけど、ラッツはそれをステーキにしてがっつり食べてしまう。

残る何割かを皆（俺を除《のぞ》く）で分ける形だ。

「ううむ、やはり魔物の肉は美味いな！　なんだかここ最近は活力が溢《あふ》れてくるぞ」

今日もラッツはグロックバードのチキンステーキを食べながらワインを飲み、なかなかご機嫌だった。

サラや兄達も肉を食えるようになったおかげで、わずかに血色が良くなったような気がする。

まああの食生活じゃタンパク質なんかは圧倒的に不足してただろうからね。

ちなみにいい肉は自分で消費するようにしているので、俺の栄養状態は今では完全に改善されている。

以前はガリガリで骨が浮くほどだったけど、今はふくよかにならない程度にしっかりと肉をつけることもできている。なんなら太らないようにカロリー消費をしておかなくちゃいけないくらいだ。

魔物の肉というのは基本的に、強ければ強いほど美味しくなることが多い。

なんでも強力な魔物はそれだけ肉体に多くの魔力を宿しているため、美味しく感じられるんだとか。

ちなみにグロックバードよりもグレイトボアーの方が肉は美味い。

まあもちろん、この肉を分けてやるつもりは欠片もないんだけど。

「私もなんだか少し若返った気がするわ」

「うむうむ、これでは六男ができるのもそう遠くはないかもしれないな。がーはっはっは！」

「もう、あなたったら……」

ラッツの辞書にはデリカシーなんて言葉は存在しないため、こういうことも平気で言う。

ちなみに俺はそれを冷めた目で見つめながら、スープに浸《ひた》して柔らかくした黒パンをもそもそと食べていた。

別に食事の場に出ないと面倒が起きるためにこの場にいるだけで、食事は残してもいいんだが、自分の分を取っておいていると疑われたりするのもやだし、なるべく出されたものは完食するようにしている。

しっかし、肉は美味いんだけど、一人で食うと塩がないのが難点だよなぁ。

森の中で見つけた香草で味付けしてるから結構美味いんだけど、ジャンクフードに慣れてしまっている俺からするとどうにも物足りなさを感じてしまう。

狩った魔物の素材で行商人が来た時に塩を買う案も考えたんだけど、それがラッツにバレれば間違いなく折檻《せっかん》を受けるため今は我慢するしかない。

ただ長いこと味の薄い食事で舌が慣れてきたからか、素材の味を活《い》かした食事にもさほど不満は感じていない。

下手に贅沢《ぜいたく》を覚えると堕落しちゃいそうだし、成人するまではこのままの生活を続けるつもりだ。

現在俺は、普通の森の中であればしっかりと狩りを行うことができるようになっている。

個人的には、魔の森に挑むのはまだ早いと思っている。

何せ以前チラ見したところ、今の俺が戦っても明らかに勝てなそうな魔物がうようよいたからな。

いずれ帰ってくることがあったら、その時は魔の森を悠々と探検できるくらいの実力を手に入れたいものだ。

家に帰ってきてから、俺は自室で日課になった魔力循環を行ってから、魔法を連発させながら魔力を消費させる。

今日は風魔法な気分なので、上級風魔法を何度も使用していく。

風魔法の面白いところは、風を圧縮することで物質的な攻撃力を持たせることができるところだ。

一定以上魔力を込めて風を圧縮させ鋭く成形すれば風は刃になり、面を広く取ってやればハンマーのような鈍器《どんき》として使うことができるようになる。

この一定以上というのがポイントだ。

風の刃で部屋の中をズタズタにしたり風のハンマーで家具を壊したりしないように、威力を持たないギリギリの範囲に調節しながら、部屋の中に風を巡らせる。

部屋の中の小物が飛んでいったりしないよう風の向きと量を調節しながら、さながらサイクロン方式の掃除機の内側のようにびゅうびゅうと渦巻かせた。

教本の教えによると魔力量の増強には、魔力を使い切るようにするのが一番良いらしい。

最初は半信半疑だったが実際に効果はあるようで、今の俺は魔法を使い始めた当初と比べると更に魔力量が増えている。

ただでさえ測定球を爆発させるほどの魔力があったのに、それが増えているのだ。

ここ最近では魔力切れをするのにも一苦労で、とにかく創意工夫を凝《こ》らしながらなんとか家で魔力を使い続けている。

「ふぅ、ようやく眠気が……ぐぅ……」

ちなみに魔力が切れると、強烈な眠気に襲われる。これは魔力欠乏症の症状だ。

この世界では魔力は肉体機能の維持に必要不可欠なもののようで、それが最低限の量を割るとPCでいうところのスリープモードのような状態になるのである。

こんな風に意図的に魔臓に負担をかけることで、魔臓がより多くの魔力を生み出せるよう強くなっていくのだという。

前世では何度も夜に目が覚めて苦労していたが、今世で魔法を使うようになってからは朝までぐっすりと眠れている。

これもまた、魔法が使えるようになって得られた大きな利点のうちの一つである。

人生がそうであるように、俺は時間の流れというものにも濃淡があると思う。

俺が記憶を取り戻してからの六年半ほどは、間違いなく濃い毎日だった。

自分の規格外の魔力量に興奮しながらも魔法を覚え、鍛《きた》えまくっていたら気付けば大して苦労することもなく魔物を倒せるようになり。

今では魔の森の魔物も、サシなら倒すことができるようになった。

まあ群れを相手にして死にかけたりしたこともあったが今となっては良い思い出……いや、まだ苦い思い出だな。

独学でここまでやれたら、まあ大したものじゃないだろうか。

自分で言うのもなんだが、自分の身を守るには十分すぎるくらいの力を手に入れることができたと思う。

だから――成人の儀の翌日である今日、俺はこの家を出る。

身支度《みじたく》を終え、部屋の中を見渡す。

六年半ほどお世話になったこの部屋は、お世辞にも良い部屋とはいえなかった。

スペースも五畳くらいしかないし、大した家具もない。

木張りのベッドは硬いし、魔力欠乏症の強制スリープがなければ寝入ることもできなかっただろう。

だがなんやかんや長く暮らしてきたので、ある程度は愛着も湧いている。

各種家具はインベントリアに入れて持っていってもいいんだが、そんなことをしたら俺が魔法使いであることがバレるしな。

間違いなく全部安物だろうし、溜《た》め込んだ魔物の素材でも売ればもっと良いものが買えるだろう。

森に入るようになってから溜めに溜めた素材は、ぶっちゃけ死ぬほど在庫がある。

恐らく家を出て正規のルートで売れば、一生食うには困らないだろうってほどに。

若干の名残惜《なごりお》しさを感じながら部屋を出る。

屋敷を出ようと歩き出すと……そこに仁王立ちで身構《みがま》えているラッツと、その脇にいるサラの姿があった。

「はあっ、はあっ、はあっ……おい、クーン」

ラッツは明らかに焦《あせ》っている様子だった。

まさか成人した翌日に家を出るとは思っていなかったのだろう。

急いで飛び出してきたらしく、服は至る所がしわしわだった。

「なんでしょうか?」

今こいつが贅沢にステーキを食えているのは、俺が定期的に魔物の肉を渡しているからだ。

狩りのできる俺がいなくなれば、食卓は粗末で滅多《めった》に肉も出ないあの頃に逆戻りになってしまう。

人間というのは一度贅沢を覚えると、生活のグレードというのはなかなか下げることができないものだ。

「お前は我が家の専属狩人《かりゅうど》になれ。特別に従士として分家を興《おこ》すことを許す」

「お断りします」

「なんだと、貴様……五男の分際で、当主の俺に逆らう気か!!」

「そうよ、クーンは私達のためにもっとたくさんの美味しいお肉を取ってくるべきだわ！」

ラッツもサラも、俺がここに留まることを当然だと思っているようで、しきりにこちらを糾《きゅう》弾《だん》してくる。

ラッツは居丈高に、サラは金切り声をあげながらこちらを詰《なじ》ってきていた。

自分達が間違っているとは欠片も思っていないその様子に、内心で頭を抱える。

実際問題彼らは、自分達が絶対の正義だと疑っていない。

貴族というのは特権階級だ。

彼らは人に傅《かしず》かれるのを当然のことと思っている。

その考え方は現代日本の記憶を持つ俺にとって、非常に受け入れづらいものだった。

魔物を狩ってこれる俺相手にどうしてそう強気で命令ができるのか……理解に苦しむ。

「お前は俺達のためにもっと魔物を狩ってくるんだ！」

「そうよ、しっかりと結果を出してくれればあなたにちょっとくらい肉を分けてあげても……」

「――もういい、聞くに堪《た》えない」

俺は風魔法を使い、自分の周囲を風のカーテンで覆った。

魔力を使い切るために工夫して使いまくったおかげで、俺の風魔法の習熟度は非常に高い。

風を使った集音や消音だけではなく、今では自分が発生させた風の当たる範囲にいる生物の動きも知覚できるようになっている。

俺はラッツ達の言葉を風でかき消して、そのまま歩き出した。

こちらに手をかけようとするラッツの手を風で弾き飛ばす。

切り飛ばさなかったのも、別に優しさでもなんでもない。

家を出てただの平民になる俺が貴族に大怪我《おおけが》を負わせるのは流石にマズいからな。

俺は風の音を聞きながら、ゆっくりと歩き出す。

既に行く先は決めている。

とりあえずは東に進んでいき、サザーエンド辺境伯領へ向かうつもりだ。

それから先どうするのかは、決めていない。

うちには大した地図もないので、それ以上の予定は立てられなかったのだ。

まあ、魔物の素材なら大量にあるしどうにでもなるだろう。

この世界には冒険者ギルドもあるらしいし、力さえあれば生きていくのに困ることはなさそうだし。

『家族は絶対に守らなくちゃあいかん。大切な人を見つけたら、その人と家族になって、一生をかけて守る。それが男の本懐《ほんかい》ってもんだ』

「大切な人……か……」

この世界における俺の両親や兄弟は、決して家族ではなかった。

対話をせず暴力を振るってくる者を黙って許すほど、俺は人間ができていない。

あれは血がつながっているだけの他人だ。

ただよくよく思い返してみると、俺は前世でも大切な人というのはじいちゃんくらいしかいなかった。

大切な、守りたいと思えるような人が、本当に俺に現れるんだろうか。

瞳《ひとみ》を閉じると、瞼《まぶた》の裏にはラッツ達の脂《あぶら》ぎった顔が浮かんだ。

「家族……」

呟きながら、ゆっくりと歩き出す。

力も身に付け、金になるものだって大量にストックはある。

そんな状況での新たな門出だというのに、不思議と俺の足取りは重かった。

不安と期待がない交ぜになって、足の裏にひっついているみたいだった。

今までよりマシな暮らしはできるだろうし、まだ見たことがないものだって沢山あるだろう。

俺の知っている範囲は狭く、そして世界は広い。

前に出しているうちに、気付けば足は軽くなってくる。

こうして俺は家と訣別《けつべつ》し、ただのクーンとしての道を歩み始めるのだった——。

◆　◆　◆

クーンがベルゼアート家を出てからというもの、家にいる者達の顔からは明らかに元気がなくなっていた。

ラッツは以前のように癇癪を起こすようになり、その機嫌は悪くなる一方。

それを恐れて妻のサラや息子のザック達は彼に対して話をすることが減り、結果として全体の雰囲気がかなり暗くなってしまっている。

まるで何年か前に戻ってしまったかのようだった。

陰鬱《いんうつ》たる空気を漂わせたまま、今日もまた会食が始まる。

「ちっ、今日はたったのこれっぽっちか……」

舌打ちをするラッツ。

その不機嫌な様子に、ビクッと三男のロウが肩を強張《こわば》らせる。

ラッツの不機嫌の一番の理由は、やはりその食生活の変化に拠《よ》る部分が大きい。

彼の前にある皿に載っているのは肉汁滴《したた》る魔物肉のステーキ……ではなく、野ねずみのソテーだった。

ただしこれでも肉が出ている分、夕食としては豪勢な方だと言える。

ここ最近のベルゼアート家の食事といえば、味の薄いポリッジに青臭い普段のサラダ。

つまりはクーンが狩りをし始める以前の食生活とまったく同じである。

戻った、という言い方をするのが適切かもしれない。

「まったく……肉を持ってくる程度、穀潰しのクーンにもできていたというのに」

嘆息《たんそく》をするラッツ。

先ほどからしきりに恐縮している様子のロウが、野ねずみを捕《と》ってきた張本人だった。

クーンのような子供でもできるのだからと、ラッツは残る四兄弟に魔物を狩ってくるよう命じた。

だがそんなことができるはずもなく、結果としてその食卓が潤沢《じゅんたく》な肉で彩《いろど》られることは、あれ以降一度としてなかった。

この村にも猟師は存在しているが、取れる肉の量はお世辞にも多いとは言えない。

魔物を狩れるだけの戦闘能力のない猟師は、森の浅いところに稀に出てくる動物を狩るくらいのことしかできない。

それを見よう見真似《みまね》で真似ている兄弟達にできるのは、魔物から逃れてきた兎やねずみといった小動物を、罠を使って捕まえるのが関の山だった。

「…………」

クーンが去る前まではあれほど活き活きとしていたはずのサラは、今は死んだような目をしながらポリッジを口に含んでいる。

栄養状態が再び悪化したことでつやつやとしていた血色の良い肌は過去のものとなり、その頬は青白い。その姿は幽鬼のようで、それもまたラッツを苛立たせる原因の一つになっていた。

「はぁ……」

ラッツは再びため息を吐《つ》く。

彼の脳裏に浮かぶのは、去り際なんらかの魔法を使い自分の手をはね除《の》けたクーンの姿だった。

クーンは魔法を使うことができたのだ。

なぜ自分に黙っていたのかと考えると、ふつふつと怒りが湧いてくる。

——もしかすると自分は、何かを間違えたのだろうか。

食事を平らげてもぐぅと情けなく鳴る自分の腹を撫《な》でさすっていると、そんな考えが頭に浮かんだ。

けれどどれだけ過去を後悔したところで、クーンがいなくなったという結果は変わらない。

空腹を誤魔化すためにワインを口に含むと、空《す》きっ腹《ぱら》に酒を入れたことですぐに酔いが回っていった。

「ちっ……」

再び舌打ちを一つ。

どれだけ機嫌を悪くしても、もう二度とあの時のような食卓に戻ることはない。

酔って回らなくなった頭でもそれがわかってしまったラッツは、その苛立ちを口に含んだワインと一緒に喉の奥へと流し込むのだった——。

第二章　新たな出会い

一人旅をするのは大変だというのはよく聞く話だった。

けれどインベントリアが使える俺からすると、旅路はそれほど辛《つら》いものではない。

食料を補充する必要もなく火や水は魔法で出せば良い。

森を抜けてからの道中は踏《ふ》み均《なら》された街道を歩いて行くだけだったので、そこまで大変ではなかったのだ。

まず始めにルモイという街に行ったんだが、俺はそこであることを痛感した。

――この世界で生きていくには、自分の身分を示す何かが必要だということだ。

村で宿を取るにしても、根無し草で身分証がないというだけでまったくといっていいほどに歓迎されなかった。

それにルモイに入るに当たっても、かなり厳重なボディチェックと高すぎる通行料を取られることになってしまったのだ。

こんなことを街に行くたびにされていては、たまったもんじゃない。

家のしがらみを断ちたい俺は、当然ながらベルゼアート子爵家の名前を使うつもりはない。

となると俺に残された選択肢は、身分証であるギルドカードを発行してもらえる冒険者一択だった。

この世界の冒険者というのは、平たく言えば荒事含《あらごとふく》めてどんなことでもやる何でも屋だ。

ただやはりメインの業務は魔物の討伐《とうばつ》と、それに伴《ともな》う素材の回収である。

F～Sランクまであったり同業者同士での争いは死《し》に損《ぞん》だったりといった規則を聞き流し冒険者になった俺は、そのまま東へと進み続けることにした。

本当にただ身分証が欲しかっただけなので、大して依頼を受けるつもりもなかった。

ただ身分証として便利に使おうとしてまったく依頼をこなさないとそれはそれでペナルティがあるらしいので、金稼ぎも兼《か》ねて依頼に出されている素材の中で俺が持っている物があったら適当にインベントリアの中の素材を売ったりしながら旅を続けた。

ほとんど在庫を捌《さば》いてただけなのにランクがEに上がったり、道中対人戦の特訓がてら盗賊を討伐したりしながらゆっくりと旅を続けること三ヶ月ほど。

俺はようやく、サザーエンド辺境伯領の領都であるベグラティアへとたどり着くことができたのだった――。


「ベグラティア……ずいぶん大きな街だ」

旅にも慣れたもので、今の俺は完全に旅装をしている。

水を弾くために蠟《ろう》を塗ったローブを羽織《はお》り、背中にはもったりとした背嚢《はいのう》を、腰にはいつでも取り出せるように短杖《ワンド》を差している。

ちなみに杖は、完全なポーズだ。

魔法使いが持つ杖は魔力の通りが人体よりもするりと良くなっており、魔法を発動する補助をする効果がある。

ただ毎日大量の魔力が切れるギリギリまで魔法を使い続けていた俺の身体の魔力の通りは、ぶっちゃけそこら中の杖なんかとは比較にならないほど良いため、使う意味がないのだ。

ただ何も持たずに歩いていると舐《な》められることが多いので、魔法使い然とした格好をしているというわけである。

「ここなら……」

最初は行く当てのなかった俺だが、途中からは明確な目的を持ってこのベグラティアを目指すようになっていた。

目的とはずばり……上級以上の魔法が使える人間から、教えを請《こ》うことだ。

冒険者として活動をする中で、俺はどうも自分の魔法が普通ではないということに気付いた。

杖のような発動補助体を必要としないというのがまず変だというのが一つ。

そしてそもそも俺の魔法は独自に改良を加えていった結果、他の魔法使いとは完全に別物に仕上がってしまっているというのが一つ。

だが一番の問題は、やはりこの世界では魔法は詠唱をして発動させるものという認識があることだろうか。

独学でやっていた俺の魔法は基本的には全て無詠唱であり、心の中で魔法名を唱えるだけで発動してしまう。

無詠唱というのは現代では廃《すた》れてしまったかなり特殊な技術らしいので、おいそれと他人に魔法を見せるわけにもいかない。

ちなみに言うと、ヤバいのは無詠唱だけじゃない。

例えば俺はファイアボールを一般的な炎・白炎・青炎の三つに打ち分けることができるし、高圧のウォータージェットカッターを知っているおかげで、普通の魔法使いでは使用が不可能である水の刃を使うことができる。

あと、インベントリアもヤバいな。

この世界に時空魔法の素養《そよう》を持っている人間はほとんどいないし、いたとしても使えるのは、初級時空魔法であるアイテムボックスが精々《せいぜい》だからだ。

ただのアイテムボックスでは中に入れられる物は小物が精々で、俺の改良したインベントリアのように自在に物を入れることはできない。

俺が知っている魔法知識は、全て中級魔法相当のものだ。

そこに現代日本のイメージを足してアレンジを加えることで、中級魔法を上級魔法として通用するほどのものに仕上げているのである。

やられないように強くなったら、その工程が特殊すぎてぼっちになるとか、流石《さすが》に想像していなかった。

家を出る時は、まさかこんなことになるとは思ってなかったよ……。

そんな縛りプレイな状況なので、俺はほとんど誰かと一緒に行動をすることもできていない。

大都市を目指し、ゆっくり一つの街に滞在したりもしていなかったので、仲の良い人間もほとんどできていない。

家を出た時から感じていた寂《さび》しさは、日々増していく一方だった。

人は孤独に慣れるっていうけど、あれは嘘《うそ》だな。

こんなもの、どれだけ経《た》っても慣れる気がしない。

話を戻そう。

俺はベグラティアの街にしばらくの間滞在し、魔法の師を探すつもりだ。

何せこの街はラーク王国の中で最も先進的な魔法技術が発達しているという噂《うわさ》だからな。

可能であれば上級以上の魔法が使える人物から、魔法の手ほどきを受けておきたい。

俺の魔法アレンジはおよそ一級上相当の改造が可能だ。

それなら上級魔法を覚えれば帝級《ていきゅう》に、帝級魔法を覚えれば極級《きょくきゅう》に、そして極級魔法を使うことができるようになれば……って、これ以上はやめとこう。どれだけ妄想を膨《ふく》らませたところで、机上の空論では意味がないしな。

俺は鼻の穴を大きく膨らませながらベグラティアに入り……そして一日も経たずに期待をベキベキにへし折られ、挫折《ざせつ》するのだった――。

目の前に見えるのは、立派な門だった。

門の周囲を補強してある鉄には薔薇《ばら》のレリーフが彫《ほ》り込《こ》まれており、その左右から見える芝生は綺麗《きれい》に刈りそろえられている。

後ろに建っているのは、俺の実家が犬小屋に思えるほどに巨大な屋敷だ。

ここが二つ名持ちの魔法使い、『巌鉄《がんてつ》』のサリオンという魔法使いの邸宅である。

「どうか……お願いしますっ！　サリオンさんにお目通りを！」

俺はそこで、頭を下げていた。

目の前にいるのはサリオン本人……ではなく、その弟子の一人だ。

基本的に有名な魔法使い達は自分だけの流派を名乗り、師弟制度を敷《し》いている。

サリオンにも数十人の弟子がおり、彼らが師匠の諸々《もろもろ》の面倒を見ているらしい。

「ええい、しつこいっ！　無理だと言ってるのがわからんのか！」

眼鏡《めがね》をかけたインテリ風の男は、とりつく島もない。

どれだけ頭を下げてもイライラするだけで、こちらの話を聞こうという素振《そぶ》りすら見せなかった。

こいつは俺のことを、路傍《ろぼう》の石《いし》ころか何かとしか思っていない。

なんというか……態度の端々《はしばし》からこちらを見下している感じが伝わってくるのだ。

魔法を教わるためと自分に言い聞かせて耐えてきたが……何事にも限度というものがある。

「これ以上わめくなら――打つぞ！」

男が杖を構えながら、最後通牒《つうちょう》を発してきた。

ここでこいつを倒して力を見せるという手もあるが……もしそれで弟子入りできたとしても、俺はこいつを高弟としてあがめなくちゃいけないんだろ？

そんなのはまっぴらごめんだ。

「そうですか、わかりました」

なんだか馬鹿らしくなってきた俺はそのまま振り返り、街の中へと戻っていく。

後ろから男のわめき声が聞こえてきたが、振り返りはしなかった。

なぁに、まだ三人もいる。

誰か一人くらいは、話を聞いてくれる人がいるだろう。


「まさか、他人見下しスタイルが全高弟共通しているとは……」

ため息をこぼしながら、公園にあるベンチに腰掛ける。

真《ま》っ白《しろ》に燃え尽きて、灰になってしまいそうだ。

このベグラティアには複数の高名な魔法使いがいる。

二つ名持ちと呼ばれる、国からその力を認められた者の数は先ほどの『巌鉄』のサリオンを含めて四人。

俺は勢いそのまま他の三人の下にも向かい……見事なまでに、その全てに失敗した。

しかも誰一人として本人に会うことすらできず、高弟達による門前払いである。

「ていうかホントに高弟なのかよ、あれが」

人を通す門番という役割は師から信頼されている証《あかし》らしく、弟子達の中では位の高い高弟が任されるものらしい……全員が全員、最初に会ったインテリ眼鏡同様こちらをバカにしてくるのだから、たまったものではない。

「身元がたしかではない人間をわざわざ会わせる道理がない、か……」

皆が俺を追い払った理由は、まったく同じだった。

この街では、強力な魔法使いはある種の特権階級のような扱いを受けている。

なんでも二つ名持ちの魔法使いというのは、下手な下級貴族ではおいそれと手出しができないくらいに力を持っているらしい。

それが選民思想的な考え方になり、ナチュラルにこちらを見下してくることにつながっているのかもしれない。

(ただ強力な魔法使いになることさえできれば、この世界で生きていくのは余裕そうだとわかったのは収穫だな)

少し考えてみれば、強力な魔法使いが丁重に扱われるのは当然かもしれない。

実力のある魔法使いというのは、ある種の戦略兵器のようなものだ。

戦線に投入して密集している場所に帝級魔法でもぶち込めば、一発で戦局を変えることもできるだろうし。実際そういう使い方をされたりもしているんだろう。

故《ゆえ》にベグラティアに居《きょ》を構えている一流の魔法使い達は、下にも置かない扱いを受けている。

実際に目通りが叶《かな》えば、改良した魔法を見せて弟子にとってもらうことはできるとは思うんだが……なんだかこんなけんもほろろな扱いばかり受けていると、流石にやる気がなくなってくるというものだ。

正直最後の方は、流れ作業的な感じで門を叩いてたところがある。

上級以上の魔法を手に入れるという具体的な目標があるというのに、我慢強く粘《ねば》ろうとしないのは馬鹿だと言われるかもしれない。

だが俺はどうにも、あの独特の空気感に慣れる気がしなかったのだ。

（あの高弟とか言ってたやつらが俺を見る感じが……ラッツやサラがこちらを見る時に似てた）

俺は強くなりたい。

だがそれは何も、へりくだっておもねってでも成《な》し遂《と》げなければいけない絶対の目的ではないのだ。

（もしかすると、強さは現時点でも十分なのかもしれないな）

魔の森の魔物を相手にすると一対一でギリギリ勝てるくらいの実力しかないが、俺の戦闘能力はこの国の基準で言うとかなり高い。

書斎で確認したところによると、俺が倒した魔の森の魔物の中には、一流でなければ倒せないAランクのものも交じっていた。

これ以上強さを追求するより、もっと他のことに目を向けた方がいいのかもしれない。

安心して暮らすことができる場所、自分が自分でいられる場所、そして大切な人……そんなもの果《は》たして、見つけられるものなんだろうか。

作ろうとしてできるものじゃないんだろうけど……あまりの難易度の高さに思わずため息がこぼれる。

前世の記憶も含め、俺は多くの秘密を抱えている。

権力者にバレたりしたらマズいだろうから、これぱっかりはなかなか人に言い出せるものじゃない。

前世で普通の大学生だった俺には大したことはわからないが、吸い出そうと思えばこの世界にない知識は持ってるわけだからな。

その辺りをなんとかするためにも魔法使いの庇護《ひご》が欲しかったんだけど……。

「まあ、そう上手くはいかないよなぁ」

「何がそう上手くいかないって？」

「――なっ⁉」

気がつけば俺の前に影ができていた。

顔を上げればそこには、一人の男の姿がある。

そこにいたのは、燃えるような赤い髪を持った偉丈夫《いじょうふ》だった。

その意志の強さを示すように赤い瞳《ひとみ》がギラギラと輝いていて、こちらをジッと見つめている。

（嘘だろ……まったく気付かなかったぞ……）

若干精神的な疲れがあったとはいえ、それでも近くに誰かが来ればわかるよう、常に微風を吹かせて索敵《さくてき》は行っていた。

けど目の前の人物は、その警戒網《けいかいもう》をするりとすり抜けてきたのだ。

このおっさん……間違いなくただ者じゃない。

「風の索敵はたしかに便利だが、決して万能じゃない。風の向きと頻度《ひんど》を感じれば、そこを抜けることくらい、ある程度できるやつなら余裕だぜ」

そう言っておっさんが笑う。

筋肉量はさほど多くないが、しっかりと鍛《きた》えられているのが一目でわかる。

腰にはロングソードを提《さ》げているが、抜く様子はない。

敵意がないことを示すように、こちらを見ると両手をこちらに上げてきた。

戦う気はない……のかな？

警戒は解《と》かずに、立ち上がってわずかに腰を下げる。

風魔法による加速でこの場を去ることができるよう魔法発動の準備を終えた。

これほどの腕利き相手に逃げられるかわからないが、念のための備えはしておくことにする。

「まあ話してみろよ、したら案外楽になるかもしれねぇぜ」

男はそのまま、さっきまで俺が座っていたベンチにどかりと腰掛ける。

座りながら足を大きく広げて、明らかに隙《すき》だらけだ。

けれど……今魔法を使ったとしても、彼を仕留めることはできないだろう。

なぜかそんな確信があった。

（なんでいきなりこの人が現れたのかはわからないし、まったく信用はできないけど……）

少なくとも目の前の人が、今の俺よりも強いのは間違いない。

下手に相手の機嫌《きげん》を損《そこ》ねるより、普通に話を聞いてもらった方がいいかもしれない。

なのでベンチの端の方に座って距離は取りつつ、今日のことのあらましを愚痴《ぐち》る。

何度も箸にも棒にもかからないことがこたえていたからか、それともここ最近あまりまともに人とコミュニケーションを取っていなかったからか。

一度話し出すと自分が想像していたよりもはるかにスムーズに、するすると言葉が出てきた。

こうして俺はあのいけ好かない魔法使い達の態度にぶーたれながら、鬱憤《うっぷん》を発散させるのだった——。


「——とまあそんな感じで、門前払いを食らったんですよ。魔法使いっていうのは皆あんな風に高飛車《たかびしゃ》なものなんですかねぇ」

「まあその辺りは人によるだろうが、少なくともこの街で俺が見た魔法使いはどいつもこいつも似たような感じではあったな」

実はこの世界に来てから、誰かとまともに話をするのは初めてのことだった。

魔法然《しか》り知識然り、俺はたくさんの秘密を抱えていて、そのせいであまり下手なことを言うわけにはいかない。

そんな状況では、どうしても人に心を開くのは難しい。

けれど少なくともこのおっさんは、今の俺が戦っても勝てないと思わせるだけの強さを持つ人物だ。

そんな相手に隠し立てをしても無駄だというある種の開き直りのおかげで、俺は気付かないうちに自分でかけていたブレーキを外してしまったらしい。

「しっかし……ふぅむ、なるほどなぁ……」

おっさんは、俺の話をしっかりと聞いてくれた。

まともに話をしていなかったせいで、時々つっかえてしまい、話はお世辞にも上手いとはいえないようなものになってしまったが、それでも文句を言うでもなくきちんと相づちを打って、耳を傾《かたむ》けてくれる。

「災難だったな坊主。この国の魔導師どもはクソだから、多分何度行ったところで大して結果は変わらないと思うぜ。偉いやつの紹介状か袖《そで》の下《した》があれば話は別だがな」

「袖の下って……賄賂《わいろ》ですか……」

流石にそれは想像していなかった。正解は頭を下げることじゃなくて、金を渡すことだったのか……。

あれだけ一生懸命頼み込んだ俺が馬鹿みたいじゃないか。

なんだか一気に馬鹿馬鹿しくなってきた。

貴族だけじゃなく、魔法使いまでそんな感じとは。

この国はつくづく腐っている。

（しっかし、今のおっさんの言い方……なんだかひっかかるな）

この国の魔導師……ってことは、もしかして……。

「おじさんは、ラーク王国の外から来た魔法使い……なんですか？」

「似たようなもんだな。専門は近接戦闘だから魔導……この国の言い方なら、魔法剣士ってやつだ」

「魔法剣士！　ということは身体強化の魔法も使えますか⁉」

「ん？　ああ、まあ使えるが……」

成人するまでに俺が切望しながら何度も試《ため》し、結局のところ身に付けられなかった魔法がある。

それが魔法による肉体の強化だ。

どれだけ筋肉や神経などの明確なイメージを持ちながら使用しても、魔法はまったく発動する兆候《ちょうこう》もなかったのだ。

俺の家にある教本に、身体強化の魔法は存在していなかった。

恐らくだが身体強化の魔法は、上級より上の高等技術である。

それが使えるということはつまり……このおっさんは、俺が師事しようとしていた、上級以上の魔法が使える人間ということになる。

「弟子にしてください！　その……後でしっかりお礼もしますので！」

俺の言葉に、おっさんは眉《まゆ》をひそめた。

何かマズったただろうかと思っていると……なぜか頭を撫《な》でられた。

その指先は、信じられないほどにゴツゴツとしている。

この人は一体どれほど、剣を振り続けてきたのだろうか。

だが硬い感触に対して、その手つきはとても優しかった。

「子供がそんな心配するんじゃねぇよ。余計なことに気を回すのは、大人になってからで十分だ。あと他人行儀な言葉遣いもなしな」

「あのー……自分、成人してるんですが……」

「生憎《あいにく》俺の元いた国では成人は十五でな。俺からすれば、お前はまだまだケツの青いガキさ」

おっさんは何事もなかったかのように、ポケットに手を入れる。

そしてどこかから取り出していた葉巻を吸いながら、こちらをちらりと向いた。

「来いよ、ウチの連れに紹介してやる。二人とも良いやつだぜ」

風下になる場所で吸っているおかげで、煙はこちらにやってこない。

そのさりげない優しさが、なんとなくくすぐったかった。

おっさんはそれだけ言うと、こちらを振り向くこともなく歩き出し始める。

歩幅がでかい上にペースも速いので、止まっているとすぐに見失ってしまいそうだ。

「ちょ、ちょっと待って！」

俺は慌てておっさんの後を追って、小走りに駆け始める。

これが俺とおっさん――カムイとの出会いだった。

カムイが暮らしているのは、ベグラティア郊外にある屋敷だった。

あれだけ強そうな人間なんだから豪邸を想像していたが、やってきたのは大きめの庭があることを除《のぞ》けば、至って普通の屋敷だ。

庭の中が樹《き》で見えないようになっているのは、魔法の訓練を人に見られないようにするためなんだろうか。

「おう、帰ったぞー」

「お帰りなさい、あなた」

俺達を出迎えてくれたのは、おっとりとした感じの女性だった。

顔はまるっとしたたぬき顔で、目はくりくりしている。

おっさんの印象は鋭い刃物のようだったが、彼女はどちらかといえばマシュマロをイメージさせる柔らかい印象だ。

「ど、どうも、クーンと申します」

「あら、ご丁寧《ていねい》にどうもぉ。私はメルと申します」

「父さん、誰よこいつ」

二人でぺこぺこと頭を下げ合っていると、横から声がかかった。

たぬき顔の美人の隣には、いかにもキツそうな見た目をした女の子だ。

そういえば家族は二人と言っていたし、恐らく彼女がカムイの娘さんなのだろう。

横にいたカムイの補足によると、女の子の名前はアリサというらしい。

鋭い目つきはカムイに似ていて、顔の輪郭《りんかく》やパーツはメルさんに似ている。

なるほど、二人の遺伝子を受け継いでいると一目でわかる見た目をしていた。

「面白そうなやつがいたから連れて来たんだよ」

「何それ……捨て猫じゃないんだから返してきなさいよ、馬鹿親父」

「こいつ、今日からうちで暮らすから」

「え、そうなの？」

「――はあああああっっ⁉」

ここに来る道すがら、何も聞いてないんだけど。

当然ながら事前に話なんかを通しているわけでもなく、女の子が隣近所に聞こえるくらいに大声で叫んでいる。

「あらあら、私、息子も欲しかったのよねぇ」

俺と女の子が驚いていると、ぽやぽやとした女性の方がどうにもピントのずれたことを口にした。

カムイは俺達のことをぐるりと見渡してから、にやりと笑う。

そして俺の頭を、乱暴に撫でた。

「高名な魔法使いの弟子になりたかったんだろ？　ならいいじゃねぇか、自慢じゃないけど俺は強いし、メルだってお前が師事しようとしてたやつらよりよっぽど上手く魔法が使えるぞ？」

「…………」

突然のことに思わず驚いてしまったが……たしかにこれはまたとないチャンスだ。

恐らくこのタイミングを逃せば、俺が魔法の師匠に師事できることは二度とないだろう。

「よろしくお願いします」

「おう、任せておけ」

それほどたくさん会話をしたわけではないけれど、カムイはあの魔法使い達のようにこちらをバカにしてくる様子はない。

人柄も良さそうだし、なんというか……全身から発されてるオーラが、この人に頼っても大丈夫だと思わせてくれるのだ。

メルさんは何も言わずにニコニコと微笑《ほほえ》んでいる。

どうやらカムイのやることに口を挟むつもりはないようだ。

だがアリサの方はかなりご不満のようで、カムイのことをキッとその父親譲《ゆず》りの鋭い目で睨《にら》んでいた。

「父さん……本気なの？」

「ああ、本気と書いてマジと読むくらい本気だぜ」

「何考えてるのよ、父さん。私は……」

「――お前にだって、同年代の友人は必要だろう？　力を伸ばすためには、切磋琢磨《せっさたくま》しあえる仲間が……」

「――要《い》らないわよ、そんなの」

アリサはちらっとこちらを見て、もう一度カムイの方を見た。

「仲間なんて……必要ない」

彼女の瞳は、その達観《たっかん》した口調とは裏腹に、どこか儚《はかな》げに揺《ゆ》れていた。

アリサは口を引き結んでから、そのまま乱暴に椅子に座る。

俯《うつむ》いた顔を上げれば、その時には既《すで》に先ほどの表情はなかった。

「アリサ、うるさいぞ。これは家長命令だ」

「稼いだ金全部使うくせに、こういう時だけ家長感を出すな！」

「家長感……」

しょんぼりと肩を落としたカムイが、すごすごと自室に下がっていく。

頼っても良さそう……だろうか？

なんだか不安に思えてきた。

もしかしたら俺は、頼る相手を間違えたのかもしれない……。

こうして上手くやっていけるかはなはだ不安に思いながらも、カムイ家にお世話になることが決定したのだった――。

どうやらカムイ達は、既にアリサに魔法を仕込んでいるらしい。

つまり俺はアリサの後輩として学ぶことになる。

俺はてっきりカムイが教えているとばかり思っていたのだが、そうではなかった。

魔法技術に関してはカムイよりメルさんの方が達者らしく、座学がメインの今は基本的な教育はメルが行っているということだった。

カムイの方は日々の身体作りや魔法を使っての実戦担当なんだって。

それなら早速練習風景を見せてもらおうかと思っていたんだが、どうやら今日の分は既に終わってしまったらしい。

なので俺がアリサと一緒に勉強を始めるのは、明日からということになった。

「せっかくだから、準備を終えたら歓迎会をしましょうか」

メルに案内されながら、屋敷の中を歩いていく。

家は部屋が余《あま》っているらしく、部屋をまるまる一つ使わせてもらえるらしい。

階段を上がってから右に行ったところにある一室が、新しい俺の住処《すみか》だった。

「すみません、いきなり押しかけるような形になってしまって……」

「良いのよぉ、そもそも気になったからカムイに見てきてもらうよう言ったのは私だものぉ」

「……そうなんですか？」

「ちょっと今まで感じたことない魔力量だったからねぇ」

一体どうやってか皆目見当《かいもくけんとう》がつかないが、メルさんはこちらの魔力量を見抜くことができるらしい。

ついついカムイの方に目が行きがちだったけれど、どうやらメルさんの方もなかなかに達者な魔法使いのようだ。

「ここがクーンの部屋ね」

ドアを開けば、そこには骨董品《こっとうひん》らしきものがずらりと並んでいる部屋があった。

全体的に埃《ほこり》を被《かぶ》っていることから考えるに、物置として使われていたようだ。

「けほっ、けほっ……まずは片付けからしなくちゃいけないわねぇ」

気付けばはたきを持ってマスクをして、いかにも準備万端といった様子のメルさんが、ふっと指を振る。

「ミニサイクロン」

すると部屋の中に、一陣の風が吹いた。

そして次の瞬間には、舞っていた埃で少し白っぽくなっていた視界がでクリアになる。

「……は？」

空気中の埃だけではなく、物の上に乗っていたはずの埃まで綺麗さっぱり消え失せていた。

少し視線を落とすと、先ほどまで何もなかったはずの床の上に突然、四角形の灰色の塊《かたまり》が現れていることに気付く。

「今のは……風魔法ですか？」

「そうよ〜、この部屋の中に小さな竜巻を起こして、埃を大気から巻き取って一気に圧縮したの」

原理としては、サイクロン式掃除機に近いかもしれない。

だがこれをするには超高速で風を起こす必要があるはずだし、フィルターのようなものも別途用意しなければならないはずだ。

更に言えばこちらに埃が舞わないよう、風の防壁も展開していたに違いない。

風を起こし、フィルターを作り、こちらに埃が舞ってこないように風の防壁を作る。

一瞬で部屋全体に風を行き渡らせるためには何度かに分けて魔法を使う必要もあるだろうし
……一体、いくつの魔法を同時に使ったんだ？

効果だけを見るとものすごく簡単なように見えるが、下手に現代知識を持っている分、俺はメルさんが行使した魔法の高度さを理解できてしまった。

「見込みがあるわねぇ」

くるりと振り返るメルさんが、くすりと笑う。

その笑みは先ほどと変わらない。

変わったのは、俺が彼女を見る目の方だ。

ごくりと思わず唾《つば》を飲み込んでしまう。

彼女の実力の高さを理解して……俺は震えた。

これほど魔法に練達《れんたつ》した人間に師事できるという事実に、武者震《むしゃぶる》いを抑《おさ》えられなかった。

「あらあら……ホントに見込みがあるわねぇ」

さっきとは少し違う声音でそう繰り返すメルさん。

その期待を裏切らないようにしようと、内心で思う俺だった。

「今から家具の方も用意してくるわね、とりあえずいくつか見繕《みつくろ》ってきて……」

「ああいえ、それは大丈夫です」

これから師事する二人に、下手に隠し事をするつもりはない。

なので俺はインベントリアを発動させ、亜空間から自分の普段使いしている家具を出していくことにした。

組み立て式のベッドにクローゼットなどの各種家具を取り出していくと、後ろにいるメルさんが息を飲むのがわかる。

「時空魔法……」

俺の使うインベントリアは、今の彼女の気を引くことくらいはできたようだ。

自尊心を取り戻した俺が彼女の方を向くと、メルさんが興味深そうな顔をしてこちらを覗《のぞ》いてくる。

「なるほど、カムイが気に入るわけねぇ」

歓迎会の準備が終わるまではちょっと待っててねと言われたので、部屋の中に入る。

時刻はまだ午後四時半なので、夕飯までにはまだ時間があるだろう。

することもないので、日課となっている魔力消費をある程度行ってから、もう一つの日課である瞑想をすることにした。

魔法を使うにはイメージが必要だ。

そして強固なイメージを瞬時に作り上げるためには、想像の瞬発力とでもいうべきものが必要になってくる。

それを鍛えるのに効果があると個人的に思っているのが瞑想だ。

「…………」

時間を忘れ、没我《ぼつが》の境地に入って、ただ全身の感覚を研《と》ぎ澄《す》ましていく。

あぐらを掻《か》いたまま目を瞑《つむ》り意識を集中させれば、世界から全ての音が消えた。

まだ子供の身体だからということもあってか、瞑想の集中力はさほど長くは持続しない。

体感二十分前後ほどの瞑想を終えると、続いて集中を切らさないまま全身の魔力を循環させる練習を行っていく。

循環させた魔力を途中で止めたり、速度を上げたり……身体の中でお手玉をやっているような不思議な感覚にももう慣れてきた。

ここ数年は上級魔法を使うための練習ができない以上、少しでも魔法の威力を上げるために基礎スペックを上げることに執心してたからな。

こういった毎日の基礎トレなら誰にも負けないくらいしっかりやっているという自負がある。

「おいで～」

遠くから聞こえてくるメルさんの声に、循環を止《や》めて立ち上がる。

もうそんな時間か……。

あぐらを解《ほど》き立ち上がる。

鏡で見た俺の頬《ほお》は、わずかにピンク色に染まっていた。

全身の魔力を循環させ続けていると、副次的な効果もある。

魔力管と呼ばれる魔力の通る血管の通りが良くなることで、マッサージの施術後のような感じで全身がぽかぽかとしてくるのだ。

これを使えば寒さを感じることもないため、実家にいた時はカイロ代わりに魔力循環を使うことも多かった。

ドアを開けると、すぐ隣の部屋からまったく同じタイミングでガチャリと音が聞こえてくる。

「……げっ」

隣の部屋から出てきたのは、カムイ達の一人娘であるアリサだった。

眉をひそめてから、こちらを睨み付けてくる。

「ごめんね、急にこんな形でお邪魔することになって」

「そう思うならさっさと出て行きなさいよ、目障《めざわ》りだわ」

「……そんなひどい言い方しなくてもよくない？」

たしかにいきなり知らない少年が同居するとなったら心中穏やかではないとは思うけどさ。

何も当の本人に、そんな風に直接言わなくてもいいじゃないか。

「あのね、一つ言っておきたいんだけど」

「……何さ？」

「私、あんたのことを認めるつもりなんかこれっぽっちもないから」

ダンッ！

勢いよく床を踏《ふ》みながら腕を組む。

カムイに似た強気の視線が、俺を射貫《いぬ》く。

そのあまりの剣幕は、思わずこちらがたじろいでしまうほどだった。

「大っ嫌い。あんたも……あんたを連れて来た父さんも」

それだけ言うとアリサは、階段を下りていく。

ドスドスとわざとらしく音を立てながら下っていく彼女の背中を俺はジッと見つめ、

「なんなんだよ……」

と口にしてから、少し遅れてその後を追ったのだった——。


昨夜の歓迎会の空気は、お世辞にもいいとは言えなかった。

何せ参加メンバーの一人が、そもそも歓迎していないのだ。

ただそれをたしなめられても態度は硬化するばかりで、美味しいご飯とは裏腹に食卓の空気は非常に重苦しいものになってしまった。

カムイの娘さんを嫌な気持ちにさせてしまうのは申し訳ないとは思うんだけど、この機会を逃せば身体強化を教えてもらえる機会がいつ来るかはわからない。

なので石にかじりついてでも、カムイから教えを請うつもりだ。

アリサからどんな風に思われようと、耐えてみせる。

……もちろん、仲良くなれるならそれに越したことはないんだけどさ。

「いよぉし、というわけでまずは今お前がどれくらいやるのかを確認するか」

「場所は裏庭でいいの？」

「それだと本気が出せねぇだろ、街を出て適当に森の中でも入るべ」

ちなみに話し方は以前のままだ。

せっかく師事することになったわけだし、丁寧な言葉遣いでいった方がいいかと思ったんだけど、

「気持ち悪いから止めろ」

とにべもなく断られてしまった。

領都ベグラティアを東に行ったところにある不惑《ふわく》の森。

周辺のベテラン冒険者達が稼ぎ場所にしているという森の中へと俺達は入っていくことにした。

「ふんふーん、ふふっふーん……」

「はあっ、はあっ……」

カムイの方は鼻歌交じりに楽々と走っているが、俺の方はというと既に森の中に入った時点でかなり息も絶え絶《だ》え《た》だ。

まだ完全に身体ができあがっておらず歩幅が小さいというのもあるが、そもそもの基礎体力

が違いすぎる。

それに身体強化の魔法もあるだろうし。

今までは魔法の練習に重きを置きすぎていたかもしれない。

「ちなみに俺は身体強化使ってねぇからな。これが純粋な地力の差だ」

カムイの言葉に、ががーんとショックを受ける。

使ってなかったのか、身体強化……。

明日からランニング、始めることにしよう。

二度目の人生では、後悔はしたくないから。

「いよっし、まあこんなところでいいだろう」

カムイについていくうちにたどり着いたのは、まるで十円ハゲのように森の中にぽつりとできている何もない空間だった。

「多分魔法使いが試し打ちでもしたんだろうな、この辺じゃよくあることだ。大威力の魔法は街の中だと試しづらいしな」

「森林破壊とか、大丈夫なんですかね？」

中世ファンタジーじゃそんな概念《がいねん》もないかもしれないけど。

「問題ないぞ、一週間もすれば元に戻るからな」

どうやら森に棲《す》んでいる魔物の中に植物の成長を促進するやつがいるらしく、樹はすごいスピードで生えてくるらしい。

そのせいで領都は木材の生産が盛《さか》んで、常に木の伐採《ばっさい》の依頼が出ているという。

「だから山火事を起こせるクラスの火魔法を使っても問題ないぞ。とりあえず……やるか」

カムイが腰に提げている剣の柄に手をかけ、スッと目を細める。

たったそれだけのことで、どこかおちゃらけていた彼の空気が一変した。

カムイの全身から発されている圧力のような何かが、身体にまとわりついてくる。

皮膚がチリチリと焼けるように痛み、気付けば全身から汗が噴き出していた。

「――っ⁉」

自分でも気付かぬうちに急ぎ距離を取り、森の中まで下がってしまっていた。

それを見たカムイがわずかに笑う。

「距離を取る選択は魔導師としては悪くねぇ。だが今からするのは腕試しだぜ？　そんなに臆《おく》病《びょう》でどうするよ」

「…………」

俺は何も言わず、再び十円ハゲ空き地へ足を踏み入れる。

カムイの言う通りだ。

多分だけど俺は、魔の森で戦ってきたせいで、今の自分では勝てないと思うと即座に逃げようとする癖《くせ》がついてしまっている。

これは今すぐにでも直すべき悪癖だ。

俺は道中で買った直剣を構えながら、ゆっくりと息を吸う。

今の俺では勝てない相手だ。

全力で、胸を借りさせてもらおう。

「——行きますッ！」

「来いッ！」

こうして俺とカムイは、真《ま》っ向《こう》からぶつかり合った——。


結論、カムイはめちゃくちゃ強かった。

風魔法を使う加速や、全方位に風の刃を飛ばすトルネード、人なら簡単に押しつぶせるだけの威力と速度を持った岩石砲《がんせきほう》。

俺が大量の魔物を相手に磨いてきたはずの全てがまったく効かなかったのだ。

知識チートによる魔法改良は、圧倒的な実力差の前には意味をなさなかった。

彼は俺が放つ魔法の全てをかわし、またあるいは一刀の下に斬り伏せてしまったのである。

だがカムイとの腕試しは、俺にとって非常に実りの多いものだった。

もちろん一度として勝つことはできなかったが……魔の森の魔物を相手にした時より、はるかにためになった。

俺は全身傷だらけになっては光属性の魔法で癒《い》やし再び戦うというビ◯ー隊長も真《ま》っ青《さお》なほどのブートキャンプを、日が暮れるまで行った。

今日だけで、ビリビリに切り裂かれて駄目になった服の数が上下で十セットを軽く超えてしまっている。

明日の朝になったら、とりあえず衣服の補充をしに行く必要がありそうだ。

「まああやるじゃねぇか。魔物ならBランク、騎士団なら伍長《ごちょう》クラスってところか」

俺は何度もボロ雑巾《ぞうきん》のようにやられていたが、カムイの方は息一つ乱していない。

実力差と言われればそれまでだが、やっぱり手も足も出ずに負け続けるというのは悔《くや》しかった。

ただ何事も完璧な人間など存在しないようで……彼は言葉を使って指導をするのが、めちゃくちゃ下手だった。

「こう……グッと踏み込んで足裏に力を溜めてだな、腕と剣を一体にしたらスパッと切れるんだよ」

そう言ってデカい岩石を真《ま》っ二《ぷた》つに切ってみせるカムイの話は、正直聞いていてもまったく参考にならない。

身体強化の使い方を聞いても、

「そんなのあれだ、腹の奥でぐぐっとしたら、バーンッて感じだ！　なあ、わかるだろ？」

と言われた。

そんなんでわかるわけないだろ……。

カムイは直感型の剣士だった。

流派は斬神流《ざんしんりゅう》と言い、彼の元いた国ではオーソドックスなものだという話だった。

彼の使う斬神流は、基本的には戦場闘法の剛剣《ごうけん》だ。

こちらが死ぬまでに相手を殺すというめちゃくちゃ物騒《ぶっそう》な流派である。

この世界では回復魔法があるため、とにかく自分の被害を無視して相手を殺すことを重要視する。

そんな薩摩示現《さつまじげん》流《りゅう》も真っ青な殺伐とした流派でカムイは免許皆伝《めんきょかいでん》を持っているらしい。

俺からするとどれくらいの高みにいるのかわからないくらい強いカムイであっても、身体強化を使えるようになるまでには何年もかかったということだった。

何年も剣を振っているうちに、ある日突然身体強化が使えるようになったんだとか。

剣に魔力を乗せて斬撃を飛ばしたり、超人的な速度で移動をすることができるようになったりとその応用能力はかなり高かった。

見て盗むことしかできないけれど、なんとかして習得しておきたい技術だ。

何年かかるかはわからないけどな。

……っと、いけないいけないいけない、腕試しに話を戻そう。

何度も何度も敗北を知って土を舐めるうちに、俺はカムイ相手にどんな風に戦えばいいかがわかるようになってきた。

鋭い直感を持つカムイは、こちらの弱点を一瞬のうちに看破《かんぱ》してしまう。

彼はその野性的な直感を遺憾《いかん》なく発揮《はっき》させ、こちらがついてほしくないと思っているところばかりを的確《てきかく》に攻めてくる。

ああ嫌だなと思うタイミングで魔法の発動を阻害《そがい》されたりすることもあれば、無意識のうちにやりづらさを感じる呼吸をズラすための斬撃を放ってきたりもする。

だが嫌なところばかりをついてくるということは、逆を言えばその部分を直していけば俺の弱点が消えていくということだ。

それがわかってからは俺は意識的に魔法発動のタイミングをズラしたり、自分のペースを保《たも》ったまま逆に相手のペースを乱すために仕切り直しの魔法を放ったりしながら、試行錯誤《しこうさくご》を繰り返していくことになった。

最終的には嫌がらせばかりをするような感じになり、カムイは露骨《ろこつ》に眉をひそめていた。

一矢報《いっしむく》いることくらいはできた……と個人的には思いたい。

「うし、帰って飯にするか！」

俺が光魔法で傷を治し終えると、カムイに連れられて領都へ戻る。

道中遭遇する魔物は、カムイがサクサクと葬《ほうむ》っていた。

後ろから見ていても、惚《ほ》れ惚《ぼ》れするほどに見事な剣だった。

荒々しいんだけどその中に術理があり、野性的な美しさが内包されている。

街に戻り、家路につく。

歩いているとぐぅ〜とお腹が鳴る。

昼からぶっ続けで戦い続けてたからな……なんかちょっと恥ずかしい。

頬の熱を感じながら素知《そし》らぬ顔をして歩こうとすると、カムイの方が立ち止まった。

「ほれ、メルには内緒だぞ」

そう言って手渡してくれたのは、俺の腹の虫が鳴った元凶の香ばしい匂いをした肉串だった。

手渡されたそれをたまらず頬張ると、自分の分も買ったカムイもバクバクと食べ始める。

「飯はちゃんと食えよ、残したらバレるからな」

「……うん」

前世ではあまり、帰り道の買い食いをしたことはなかった。

けど同級生を見て、羨《うらや》ましいと思っていなかったと言えば嘘になる。

なんだか遅れてきた青春を取り戻しているようで、少しだけ心が弾《はず》んだ。

俺達はそのまま家に帰った。

そしてカムイが口の周りにタレを付けていたせいで、買い食いは一瞬でバレたのだった。

だ、だらしねぇ……。


俺がカムイ家にお世話になるようになってから、早いもので一ヶ月が経った。

俺はメルさんから魔法を教わることはせずに、カムイと一緒に身体強化を使えるようになる訓練を続けていた。

自分がシングルタスクなのはよくわかっているからな、下手に色々と手を出せばどれも中途半端になるのは目に見えている。

そこでわかったのは、どうやら俺には斬神流の才能はないらしいということだった。

「半生を剣に捧《ささ》げて剣豪になれるかどうかってところだろうな」

剣士にも魔法と同様で強さにランクがあるらしい。

これはある程度デカくて世界的に認められた流派であれば、大体どこにでもあるんだと。

剣士は使える技の難易度ではなく純粋に強さで序列が決まっていて、

剣士↓剣豪↓剣聖↓剣帝↓極剣《きょっけん》

の順に強くなっていくということだった。

ちなみにある程度互換性《ごかんせい》があって、剣豪と上級魔法使いが大体同じくらいの強さになるらしい。

つまり俺はどれだけ剣を振っても、剣術だけでは全力で戦う今の俺と同じくらいの強さにしか至れないということだ。

自分が才気溢《さいきあふ》れる人間だとは思っていなかったが、こうして才能がないとわかるのはなかなか堪えるものがある。

……ま、まあいいもんね。

なんてったって俺には、魔法があるし？（震え声）

「ただお前は無詠唱を始めとして魔法の威力や速度調節なんかにはかなり才能がある。魔導師としては完成の域にあると言っていいだろう」

無詠唱で中級魔法が放てるという時点で、俺は上級魔法使いを倒せるくらいには強い……らしい。

未《いま》だにカムイ相手に一本も取れていないので、あんまり実感はないけれど。

もうちょっと、自信を持ってもいいのかもしれない。

「ちなみにカムイの強さはどのくらい強いの？」

てっきり俺は常勝無敗の最強の大将軍だ、くらいのことを言われると思っていたが、答えるカムイの表情は真剣だった。

「俺は……剣帝以上極剣未満ってところだな。以前他流派の極剣に軽くあしらわれたことがある」

カムイはそう言って、自分と極剣の戦いについて詳しく教えてくれた。

まだ若く彼が剣聖だった頃に極剣の一人に突撃し、返り討ちにあったらしい。

そのエピソードを聞いて、なんともカムイらしいと思ってしまう俺だった。

「今戦えばやり合えるとは思うが、まあ一対一なら勝てないだろうな」

カムイは基本的に自信家で直感で生きているが、彼は自分の剣に嘘はつかない。

よくメルに下手くそな嘘をついては叱《しか》られたりもしているけど、カムイは剣に対しては真摯《しんし》なのだ。

「仲間を集めてやれば殺せるだろう。極剣は化け物みてぇな強さだが、正真正銘の人外じゃねぇ。術理を使う、めちゃくちゃに強い剣士に過ぎねぇ」

極剣の攻撃はその余波で地割れを引き起こしたり地形を変えたりとか、そういうレベルらしい。正直言って次元が違うというか、ちょっとすごすぎて想像がつかない。

ていうか、よくそんな相手に挑《いど》もうと思いましたね……。

とまあ、俺はそんな風にカムイから戦いの心得を教わったりしながら身体強化の特訓を続けている。

だが結果だけ言えば、この一ヶ月ではまったくと言っていいほどに結果は出ていなかった。

まあ所詮《しょせん》はまだ一ヶ月だ。

長い目で見ていくしかないだろう。

戦いの押し引きや機微《きび》なんかはわかるようになってきて、成長が実感できるし、まったく苦ではない。

……容赦《ようしゃ》なく切《き》り刻《きざ》まれるので、めちゃくちゃ痛いのは玉《たま》に瑕《きず》だけど。


一ヶ月経って、メルさんとは大分打《う》ち解《と》けることができた。

身体強化の修行の間に、休憩がてらで魔法の基礎的な技術なんかも教わっている。

俺が目下使えるように努力をしているのは、魔法の多重発動だ。

あのサイクロン式掃除機もびっくりな瞬間清掃の魔法。

あれは六つの風魔法を同時に発動させることで埃を巻き上げながら回収する魔法になっているということだった。

教本にはなかったが、ある程度器用な魔法使いであれば複数の同時発動はやってくるらしい。

ちなみに驚くほど繊細な技を使える彼女であっても、無詠唱を使うことはできないのだという。

彼女が使えるのは詠唱を省略しそのまま魔法名を唱える、いわゆる詠唱破棄《はき》までということだった。

魔法はイメージに左右される。

この世界には魔法は詠唱をして放つもの、という大前提がある。

多分だけど、そのせいで無詠唱を習得するのが自然と難しくなってしまうのだろう。

案外小さな頃から無詠唱を当然のものとして育てていけば、あっさり習得できるかもしれない。

試しようがないからわからんけどね。

彼女の教え方はカムイとは違って理論的で、ズバッとかググッとかオノマトペをほとんど使わない。

おかげでわかりやすいわかりやすい。

既にコツは摑めているので、二重発動が使えるようになるまでさほど時間はかからなそうだ。

メルさんとの関係は良好なのだが、もう一人の彼女はというと……。

「……（ぶすっ）」

「ほらアリサ、そんなにふくれっ面《つら》しないの。笑顔で食べないと、ご飯も美味しくないわよ」

「……（ぶっす～）」

アリサの方は相変わらず、まったくといっていいほど俺に心を開いてくれる気配がなかった。

彼女が俺に対して露骨《ろこつ》な態度を取る度にメルがそれをたしなめるんだけど、そのせいでむしろより態度が硬化してしまっているのかもしれない。

徐々《じょじょ》に打ち解けられるだろうとか考えているうちに、あっという間に一ヶ月が経ってしまった。

俺のせいで、メルさんとアリサの間に妙なわだかまりができてしまっているような気がする。

これ以上親子仲がこじれてしまっては申し訳ないし、ここは一度腹を割って話をした方が……。

「……何よ？」

ギロリと、ものすごい目つきで睨まれた。

毎日ボロ雑巾になるまでボコボコにされているカムイに似た力強い瞳に、喉の奥で言葉が詰まった。

……よし、またの機会にしよう。

「ごちそうさま」

先に食事を済ませたアリサは、そのまま自分の部屋に戻っていってしまった。

その背中を見るメルさんが、頬に手を当てながら首をこてんとかしげていた。

「ごめんなさいねクーン、あの子もほら、色々と多感な時期だから……」

「わかります」

実際、彼女の立場に立ってみれば気持ちはわからなくはないのだ。

ある日突然自分と同じ年頃の男の子がやってきて、いきなりの同居生活。

しかもそいつが突然弟弟子になり、両親にかわいがられているとなれば、実の娘としては気に入らないのも当然だ。

思春期の頃の両親に対する微妙な距離感というのは、俺にも覚えがある。

この場合、当人である俺が話をしても意固地《いこじ》になるだけだろう。

時間が解決するものなのか微妙なところだ。

……何かしらの手を打たないといけないかもしれないな。


というわけで、俺はメルさんにある頼み事をすることにした。

それは……。

「はーい、それじゃあ始めるわよ」

「なんでこいつと一緒に……」

「まあまあそう言わず、一緒に頑張りましょうよ」

メルさんとアリサがやっている魔法講義に俺も交ぜてもらうことにしたのだ。

身体強化の訓練はカムイの都合さえあえばいつでもできるので、午前中にやっているメルさんの講義に俺も参加させてもらう。

一ヶ月何もしないでダメだったのだから、次は積極的に動いてみることにしたのである。

もしこれでダメだったら……またその時に考えることにしよう。

下手の考え休むに似たり。こういう時はとりあえず行動が一番だ。

「それじゃあまず、二人がどれくらいできるのか、確認するところから始めましょうか」

「はい、外で魔法戦でもするんですか？」

「いいわ、ぎったんぎったんにしてあげる」

魔法戦というのは、魔導師同士がその技術を競い合う時に行われる一種の教義だ。

的当てや魔法の精密性などを見て、お互いの技術を確認し合うものである。

だが続くメルさんの言葉は、俺の想像の斜め上を行っていた。

「戦いで使えないお座敷魔法じゃあ意味がないので、二人で模擬戦をしましょう……まずはね」

意味深な言葉を口にする彼女はそのまま、庭の方へスタスタと歩き出す。

その後に続こうとするアリサが、ちらっとこちらを向いた。

にやりといやらしい笑みを浮かべている彼女に驚いた様子はない。

明らかにこちらを侮《あなど》っている様子に、思わずむっとしてしまう。

……いかんいかん、前世の年齢も足したら自分よりずいぶん年下なんだから、年上の余裕を持たなくては。

「年上としての威厳を見せてやる」

ただそんな心とは裏腹に、口から出てくるのは強気の言葉だった。

転生してからというもの、自分でも幼いなと思う発言が明らかに増えた気がする。

精神が肉体に引っ張られているのかな。

「……そんなに年変わらないでしょっ!!」

アリサは顔を真っ赤《まっか》にしながら、ドスドスと音を立てて先に行ってしまう。

今の一言で俺に惚れたなどというはずもないので、よほど怒らせてしまったらしい。

見た目は子供、精神性も子供、その名はクーン！

……馬鹿なこと言ってないで、俺もついていくことにしよう。

裏庭に出ると、メルさんがパンッと手を叩きながら詠唱を口にする。

すると庭をぐるりと囲む形でドーム形の透明な何かが現れた。

「聖級魔法の絶対領域よ、ここでどれだけ激しく暴れても外側には漏《も》れ出《だ》さないから、二人とも安心して本気を出して大丈夫だからね？　死なない限りは私が治すわ」

頼りになるのか物騒なのかわからないメルさんの言葉に、二人で頷《うなず》きを返す。

俺とアリサは互いに向かい合いながら、地面に敷かれている白い布の上に立った。

距離はおよそ五メートルほど。

魔法の打ち合いをするにはやや短い距離は、実戦を想定してのものだろうか。

「…………」

「…………」

お互い言葉は発さず、互いに相手を見つめている。

アリサがどこか呆《ほう》けているようにも見えるのは、恐らく頭の中で戦いのシミュレーションをしているからに違いない。

考えてみれば、俺はアリサがどのくらい強いのかをよく知らない。

ただカムイの話では、彼女の戦う才能は自分以上らしい。

既に身体強化も使うことができるようだ。

だがアリサの方も、俺がどのくらい戦えるのかは知らないだろう。

俺が無詠唱魔法を使えるということすら、多分知らないはずだ。

本当ならもっと平和的な方法でなんとかしたかったんだけど、こうなってしまってはしょうがない。

実力でわからせて、そのままなし崩しで和解してしまおう。

最初は強引でも最後に同意が取れてれば和姦《わかん》、みたいなもんだ。

違うか。

「剣、魔法、マジックアイテムなんでも使用は可。ただ致命傷を負わせることだけはないように」

デスマッチもかくやななんでもありなルールだ。

果たして俺はバーリトゥード状態でアリサに勝てるだろうか。

とりあえず全力で挑もうと思う。

アリサは立てかけてある木剣を手に取った。

彼女も斬神流を使うのかもしれないが、カムイのを見ているから対応はできるはずだ。

「それでは試合——開始ッ！」

「身体強化！」

試合開始の合図と同時、身体強化を発動させたアリサがこちらにやってくる。

カムイほどではないが、かなり速い。あれだけの速度が出せるのなら、結界の中で逃げ回っていてもすぐに捕捉されてしまうだろう。

ただ相手の土俵に立って接近戦をする必要はない。

俺は大きく後ろに下がりながら即座に岩石砲を発射した。

「——っ⁉」

まさかいきなり攻撃をされるとは思っていなかったのか、アリサは岩石砲を正面から食らう。

多少手加減はしたが、それでも中級魔法だ。

アリサの身体は後方に吹っ飛び、岩石は結界に当たって跳《は》ね返《かえ》る。

結果として結界の中に砂煙《すなけむり》が舞う。

もしかして殺してしまったか……と心配しているがメルさんは何も言わない、試合続行だ。

アリサもこの程度ならやられないってことだろう。

「この世の果て、万象の末、一切の時を止める凍《い》てつく息吹《いぶき》——」

足を止めていると、砂煙の中から詠唱が聞こえてくる。

俺が知らないということは間違いなく上級魔法だ。

魔法の打ち合いなら望むところだ。

俺の中で火力が出せるのは水の高圧刃だ。

イメージするのはどんなものをも裁断してしまう超高圧のウォーターカッター。

ダイアモンドだろうが分厚い鋼鉄だろうが切断する水の刃だ。

ぐんぐんと魔力を持っていかれるのがわかった。

大量に魔力を注ぎ込み続け、威力を上げる。

アリサの声が聞こえたと同時、溜めていた魔法をいつでも放てる状態にする。

「永久凍土《コナル・モカリス》！」

彼女が魔法を発動させると同時、結界の内側が一気に凍り付いた。

先ほどまで舞っていたはずの砂煙も消え、地面には霜が降り、そして俺の足がくるぶしのあたりまで凍ってしまっていた。

動きを阻害する魔法か……当てが外れたな。

アリサはジグザグな軌道を描きながらこちらに接近してくる。

水の刃を放つが、アリサには避けられてしまった。

水の刃の欠点は速度は出るが直線的な動きしかできないところだ。

アリサは身体強化を使っている。

接近までに時間はない。

氷を溶かすか、接近を阻止するか。

悩んだ末に俺が取ったのは――両取りだった。

二重発動の成功率はそこまで高くはないけど、このタイミングでできればかなり優位に立てる。

結果は……成功。

俺は土魔法を使い周囲に大量の泥《どろ》を発生させながら、火魔法を使い足回りの温度を上げることができた。

火魔法にはヒートメタルという魔法がある。これは相手の金属製の武器を熱して持てなくさせるという対戦士用に開発されたいやらしい魔法だ。

俺はこいつをアレンジして、金属以外のものも熱することができるようになった。

名付けてヒートマテリアル。これを使うと、『ネギ◯！』が大好きな俺の心が騒ぎ出す。

足回りの大気の温度を急激に上昇させ、氷を溶かす。

当然ながら余波で足回りが尋常じゃなく熱い、というか普通に火傷《やけど》している。

「ふぐうっ……」

だが動けないほどじゃない。

涙目になりながらも後退し、同時に光魔法で回復をさせてもらう。

後ろに用意しておいた退路は泥化《でいか》させていないので、退避は非常にスムーズだ。

アリサは泥に足を取られながらも、こちらに接近しようとしている。

カムイ仕込みの剣技が使える剣士に近付くつもりはない。

それにさっきのやりとりでわかったが、彼女には俺の知らない手札が大量にある。

対して現状俺が使える手札は無詠唱だけだ。アレンジ魔法の最大火力は流石に大怪我《おおけが》をさせてしまうかもしれないので使えないからな。

ただ無詠唱の強みは、どうとでも対応できる応用力の高さと魔法発動までの圧倒的な速度だ。

これだけでも最悪引き分けには持ち込めるだろう。

接近しようとするアリサ。

泥を作り地面を凍結させ、それを止めながら魔法を乱打する俺。

測定球を壊すほど魔力が大量にある俺は、アリサを寄せ付けることなくチクチクと攻撃をし続けることにした。

「ちょっと……真っ向から戦いなさいよ！　こんな戦い方して、恥ずかしくないの⁉」

「俺は戦うのが好きなんじゃねぇ！　勝つのが好きなんだよぉ！」

悪役ムーブをしているようで、なんだか楽しくなってきた。

攻め手は緩《ゆる》めず、とにかくミスをしないよう気をつけながらもアリサの接近を許さず距離を取り続ける。

アリサが言う通り、真っ向からぶつかり合ったら、多分俺は彼女に勝つことはできないだろう。

だがそれは逆を言えば、真っ向から戦わなければ勝ち目があるということでもある。

俺はチクチク攻撃を繰り返し、アリサの消耗《しょうもう》を狙うことにした。

アリサはどうやら光魔法があまり得意ではないようで、詠唱をしなければ怪我を治すことができない。

治そうというムーブをしたら即座に無詠唱で邪魔をしまくる。

これを繰り返すことでイライラが蓄積《ちくせき》し、アリサの動きは更に雑になっていく。

そうなればいなすことはより簡単になる。

こうして消耗戦を挑んだ俺は……二十分以上にもわたる激闘の末、無事アリサに勝利することができたのだった――。


「うぅ……うううぅぅぅっっ～～～!!」

睨まれている。

ものすごい勢いで睨まれている。

アリサがこちらを、目を潤《うる》ませながらじいっと見つめていた。

たしかに大人げない戦い方をしてしまった自覚はある。

やはり小手先の技はなしで、真っ向から戦うべきだっただろうか。

アリサは何か言いたげな様子だったが、何も言わない。

気付けば横に立ち、メルさんがその肩をポンポンと叩いている。

「戦いには勝つか負けるか、その二つしかない……わかるわね、アリサ」

「ううぅ～～っ!!」

「唸《うな》ってないで返事をしなさい」

「う……はい」

「今回はあなたの負けよ、この敗北をしっかりと受け止めなさい」

「……はい」

不服そうだったが、文句を言うつもりはないようだった。

彼女はガクッと肩を落として俯いてから、踵《きびす》を返す。

去り際の彼女は、もうこちらを睨んではいなかった。

どこか気落ちした様子で、とぼとぼと部屋へと戻っていく。

「この調子だと授業は無理そうね……ごめんなさいね、クーン。わがままな子で」

「いや、僕もかなり大人げない戦い方をしてしまったので」

今回の俺の戦い方は、格ゲーで言うならハメ技コンボを使ってＨＰゲージを削《けず》りきったようなものだ。相手は対処法がわからないため、なすすべなくやられるしかなかった。

他に手段がないとはいえ、された側のアリサが良い気分なわけがない。

「でも……ありがとうね、クーン」

「え？」

なんでお礼を言われるのか、まったく心当たりがない。

むしろアリサをセコい手段で負かせたんだから、怒られるとばかり……。

頬に手を当てながらアリサが去っていった方を見るメルさんは、物憂《ものう》げな顔をしながら、

「あの子ってほら……気が強いじゃない？　ちっちゃい頃からあんな感じだったんだけど、周りに自分と同じレベルで魔法が使える子がいなくて、ここ数年は自分より強いライバルもいないから、ちょっと調子に乗ってたからね。そのせいであんまり修行に身も入ってなかったのよ。だから鼻《はな》っ柱《ぱしら》を折ってくれて、助かっちゃったわ」

気が強いってレベルじゃないと思うが……なるほど。

たしかに俺と同じ十二歳で、上級魔法が使えるんだ。

同年代の中では敵なしだっただろう。

おまけに俺みたいに前世の記憶があるわけでもないし、調子に乗るのも仕方ないことだろう。

でも、そっか……ずっとつっけんどんな態度を取られてるせいで意固地になってたけど、よくよく考えればアリサってまだ、十二歳の女の子なんだよな。

何張《はあ》り合って負かしてイキってるんだよ。

良い気になってたのは、むしろ俺の方じゃないか。

転生して前世知識があるからって、魔法を多少改良した程度で調子に乗って……。

「——俺、ちょっと行ってきます」

「夕飯までには、戻ってくるようにね」

居ても立ってもいられなくなった俺は、そのままアリサの後を追うことにした。

メルさんの言葉に軽く頷きながら、屋敷へと戻る。

アリサに何を言うべきか、頭を悩ませながら。


灰色の脳細胞を必死にフル回転させてみたが、上手い答えは出てこなかった。

俺、人付き合いはあまり上手い方じゃないからな……。

悩んでいるうちに、あっという間にアリサの部屋の前まで来てしまった。

ノックをするが、応答がない。

どうせ許可なんか出るはずもないので、何も言わずに中へと入った。

初めて見るアリサの部屋は、思っていたよりもずっと女の子らしかった。

使われているカーテンにはフリルがついていて、ベッドのシーツはピンク色。

熊《くま》のぬいぐるみやハート型のクッションなんかも置かれていて、タンスの上には小さな観葉植物まで配置されている。

アリサはベッドの隅《すみ》で、膝《ひざ》を抱えていた。

パジャマに着替える余裕もなかったらしく、泥だらけの格好のままで。

「…………」

アリサはこちらを見つめる。

が、その目にいつもみたいな力強さはなかった。

どこか弱々しい表情をしながら、アリサはそのまま顔を俯かせる。

「…………」

何を話せばいいのだろうか。

とりあえず無難に、天気の話でもしておくべきだろうか。

「今日は良い天気だね」

「何よ……笑いに来たの？　調子に乗ってた癖に無様《ぶざま》に負けた私のことを」

明らかにいつもの元気がない。

どうやらネガティブスパイラルに入ってしまっているらしく、何を言っても良くない方に捉《とら》えられてしまいそうだ。

下手なことは言わない方がいいかと、とりあえず口を噤《つぐ》む。

外から鳥の鳴き声が聞こえてくる。

春先だからか、カワセミのような鳴き声を出す鳥達が大合唱をしていた。

「私……」

「うん」

「父さんと母さん以外に、負けたことなかったのよ」

「そりゃそうだろうね」

しばらくしてから、アリサがぽつりぽつりと口を開き始めた。

どこか悄然《しょうぜん》としている様子で、声に覇気がない。

周りが暗いと気分まで暗くなってくる気がしたので、光魔法で明かりを作って室内を照らすことにした。

「親子ほど年の離れた人達と戦ったことも何度もあったけど、一度も負けなかったわ」

「そっか」

「そうよ」

そんな彼女の自信を、俺がへし折ってしまった。

メルさん的には狙い通りの結果になったかもしれないけれど、アリサからすれば許しがたいことだっただろう。

それも真っ向から実力でねじ伏せられたわけじゃなく、搦《から》め手《て》でだ。

納得がいかないのも当然なように思う。

「アリサは……強いよ」

「慰《なぐさ》めはいらないわ」

「真っ向からやり合ったら、負けてたのは俺の方だと思う」

「結果が全てよ。私は負けて、あなたが勝った。ママが言ってた通り、勝負の世界では勝つか負けるかしかないの。私は……負けたのよ」

メルさんの薫陶《くんとう》を受けているアリサからするとそういうことになるらしい。

膝に顔を埋《うず》める彼女の肩は、わずかに震えていた。

下手な慰めは、逆効果になりそうな気がする。

きっと今の彼女に必要なのは、自分の中で起きたことを消化する時間なんだろう。

それなら俺は出て行った方がいいだろうか？

迷ったが、結局その場に座り続けることにした。
何も言わずに、ただ絨毯《じゅうたん》の上に座って、ジッと待つ。
もし出て行けと言われたら素直に出て行こう。
そんな風に思いながら。

【side　アリサ】

私には友達がいない。
まあ、前にはいたこともあったけれど……正直、昔のことは思い出したくない。
世の中というものは、いつだって不条理だ。
世界は私のためにできていないと気付いたのは、一体いつの頃だっただろうか。
この世界で、頼ることができる人は、たった二人だけだ。
私は不幸だ、なんてことを言うつもりは毛頭ない。
むしろ二人もいることを、幸運だと思っている。
私には――父さんと母さんがいればいい。
友達も、競争相手も……私には、必要ない。
昔から物覚えは良い方だった。

お父さんに実技を習い、座学を母さんに習う。

一度教わったことは忘れなかったし、基礎を教わればそれを応用させることだってできた。

火魔法の火球と水魔法のウォータースプラッシュを組み合わせてスプリンクルという霧《きり》を放射する魔法を生み出した時は、二人にとっても褒《ほ》められたっけ。

友達はいたけれど、どの子とも長くは続かなかった。

皆、すぐに私の前からいなくなってしまうことがほとんどだった。

同年代の子供達と仲良くなるのは、私にとってはとても難しいことだった。

私が早熟な分、周りがどうしても幼稚に見えてしまう。

口で言い負かされた相手は実力行使に出ようとするけれど、それでも私が完膚なきまで打ち負かしてしまう。

そんなことを続けるうち、私の周りからは人がいなくなった。

たった一人、一つ下だったミーナちゃんを除いて。

彼女はどんくさくて、トロくて、それでも私のことを友達と言っていつだって後をついてきた。

私のたった一人の親友といっていい子だった。

けれど彼女は、死んでしまった。

いや、違う——私が殺したのだ。

だから私はもう二度と、誰かと仲良くなるつもりはない。

私と深い仲になれば、父さんや母さんくらい強くないと、死んでしまうからだ。

……あんな思いは、もうしたくないから。

いつしか私は他人を拒絶するようになっていた。

けれどある日、転機が訪れた。

父さんが、どこかから子供を連れてきたのだ。

なんでもうちで面倒を見るのだという。

冗談じゃないと思った。

けれど母さんが賛成したせいで、私の必死の抵抗も虚《むな》しく、彼が――クーンが家で暮らすようになった。

彼は私が知っている同年代の子達とは違った。

朝から父さんと一緒に森に出向き、日が暮れる前に帰ってくる。

何をしてきているのか正確なところはわからなかったけれど、恐らく父さんも以前のように稽古《けいこ》をつけているんだろう。

父さんも毎日飽《あ》きずにやっているということは見込みはあるんだろうし、父さんのお眼鏡に適《かな》ったということはあいつも毎日ひたすらにキツい思いをしているはずだ。

教われるものを教わってから、私は定期的に魔法の実践的な訓練としてしか、父さんとは戦ってはいない。

自分でもかなりやれるようになったことはあるけれど、私は父さんにいつもボコボコにされる。

だから私は、模擬戦があまり好きではなかった。

父さんは人に何かを教えるのが致命的に下手だ。

それでもその実力は本物だ。

前に酔《よ》っ払《ぱら》った時に、世界一の武闘会で優勝したこともあると言っていた。

流石にそれは盛り過ぎだと思うけど……。

そんな父さんに、あいつは鍛えられている。

最近父さん、ものすごく機嫌がいい。

父さんは機嫌が悪くなると酒の量が増えるんだけど、ここ最近はめっきり酒量も減っている。

あいつにも、父さんを満足させることができるくらいの実力はあるのだろう。

どれくらい強いのか、気にならないと言えば嘘になった。

だから戦った。

そして……負けた。

慢心《まんしん》していたのかもしれない。

まさか同年代との戦いで、私が負けるはずがないと。

父さんに鍛えられているんだからと、もっと警戒しても良かったはずなのに。

卑怯《ひきょう》と言うつもりはない。

けど……悔しかった。

負けたとわかると頭が真《ま》っ白《しろ》になって……自分でも気付かないうちに、部屋に帰ってきていた。

膝を抱え込みながら俯いて、考える。

何がいけなかったのか。

もっと頑張っていれば勝てたのか。

同じような考えが、ぐるぐると頭の中を巡《めぐ》っていた。

気付けばあいつがやってきた。

無様に負けた私をバカにしに来たのかと思ったが、どうやら違うらしい。

彼は私のことを心配していた。嘘をついているようには見えない。

バカにしに来たのかとばかり思っていたので、正直意外だった。

もしかすると……もしかするとだけど。

あいつは……クーンは、私が思っているほど嫌なやつではないのかもしれない。

だが同年代の人間は苦手だ。

また私のせいで、人が死んでしまうかもしれないと思うと……いや、違うか。

クーンは私に勝ったのだ。

それならそうそう死ぬことも……って私の脳内、受け入れる方向で話が進んでない⁉

とりあえずもう少し……いつもよりほんの少しくらいは、クーンに優しくしてみよう。

真剣にこちらを心配してくれている人に恩を仇《あだ》で返すようなことは……したくないから。

あの模擬戦以降、アリサの態度がなんだかちょっとだけ柔らかくなった。

もちろん以前と比べると、という当社比の話でキツくはあるんだけど、それでも無視されるようなことや、露骨に嫌な態度を取られることはなくなった。

自分が暮らしている空間の中に自分のことを嫌いな人間がいるという環境はなかなかキツいものがある。

だがもうそんな生活とはおさらばだ。

頑固な油汚れもつけ込めば落ちるように、きつめなアリサの態度も、こんな風に時間をかけてゆっくりと軟化していくんだろう。

長い目で見ていくつもりだ。

カムイとメルさんの粋《いき》な計《はか》らいにより、俺とアリサは以後定期的に模擬戦を行うことになった。

それによって俺の勉強効率は、一気に良くなった。

やはり競い合う相手がいるのといないのとでは、モチベーションが違う。

おかげで俺は上級魔法のうちのいくつかを使うことができるようになった。

雨雲を起こし気候を変えるクラウディアンの魔法や、火災旋風を人為的《じんいてき》に引き起こすフレア

◆
◆
◆

ボルテクスの魔法なんかは使うだけで戦局を変えられるくらいには強力な魔法だ。

だが中でも一番伸びたと感じるのは、対人の戦闘能力だ。

カムイを相手に戦うと、自分の上達を実感しづらい。

俺の弱点を的確についてくれるおかげで自分の駄目なところはわかるんだけど、なんだか自分の弱さを突きつけられているような圧迫感があるのだ。

対してアリサとの戦いは、上達しているという実感が手に取るようにわかるのである。

視線の誘導やフェイント、新しく覚えた魔法。

自分が手に入れた新たな手札で、相手の動きが露骨に変わるからだ。

以前使った手がすぐ通じなくなるのは、俺と向こうの実力が伯仲《はくちゅう》している証拠だろう。

アリサは良き競争相手だ。

相変わらずこちらへの攻《せ》めっ気《け》は強いけど……嫌われてはいないと思いたい。

ちなみに俺の方が搦め手が得意なため、こちらの方がわずかに白星が多い。

そういえば、結構粘ってみたんだけど身体強化の魔法を使うことは終《つい》ぞできなかった。

身体強化はセンスがものを言う。

これだけやって使えないとなると、俺に才能がないということなのだろう。

おかげで最近の模擬戦は、いかに距離を取れるかという魔法戦になってきている。

俺自身の肉体が貧弱なままだと戦士型の人間と戦う時にキツいので、なんとかしたい。

何か良い方法はないもんだろうか……。

「クーン、いる?」

いつものカムイとの稽古を終えてゆっくりしていると、声が聞こえてくる。

がちゃりとドアを開くと、そこにはアリサの姿があった。

「……何よ?　そんなに変?」

「いや、いつもと印象違うな、と思って」

アリサが着ているのは、エメラルドのドレスだった。

頭には髪飾りをつけ、口元には薄く紅《べに》まで引いている。

『誰?』と一瞬だけ思ったのは内緒にしておこう。

「クーン、父さんが呼んでるわ」

カムイが?

一体何の用だろうか。

二人で階段を下りていくと、そこにはしっかりと身支度をしているカムイ達の姿が見えている。

彼はきちんとしたタキシードのような服を着て、きっちりとまとめていた。

見れば隣にいるメルさんの方も、しっかりとめかし込んでいる。

「飯食い行こうぜ!」

キラリと◯庄ばりに白い歯を輝かせるカムイ。

「十分……いや五分待ってて！」

俺は急ぎ正装をするため、階段を駆け上がる。

後ろから聞こえるクスクスという笑い声は、不思議と嫌なものではなかった――。

家を出ると馬車が待機していて、流れるように乗り込むことになった。

御者をしているのはもっさりとしたひげを蓄《たくわ》えたミドルダンディー。

いきなりの出来事の連続で、正直脳みそがショートしかけている。

あまり外食はしてないんだけど、今日はどういう風の吹き回しなんだろうか。

こうしてカムイ達と一緒に飯を食べに行くのは、地味に初めてな気がする。

やってきたのは『竜の顎鬚《あごひげ》』といういかつい名前のレストランだった。

どうやらかなりの高級店らしく、いかにも高そうな調度品の並んでいる個室へと案内される。

中に入り、店の料理に舌鼓《したつづみ》を打つ。

この世界の料理には正直あまり期待していなかったが、それは俺の今まで行ってきた店がよくなかっただけのようだ。

クラッカーのようなさくさくとした食感の薄焼きパンや、ハンバーガーのような肉を挟んだパン料理に、多分ハチミツを使って加糖したのであろうまろやかな口当たりのフルーツジュース。

コース料理のように順繰《じゅんぐ》りと出てくる一品の数々に、久しぶりに舌が喜んでいる。

これをまた食べるためになら、金稼ぎに精を出すのもやぶさかではない。そう思えるくらいの味だった。

「しっかしあれ……あれだな」

「あれって何よ、父さん？」

「あれと言えばあれだよ……今日は曇《くも》りだな」

「ここ最近ずっと曇りじゃない？」

ただ俺が料理に集中している最中、三人の中で明らかにカムイだけが挙動不審《きょどうふしん》だった。

さきほどから視線があちこちにふらふらと飛んでいたり、妙にそわそわし始めたり。

たしかにお酒は飲んではいるけど、それにしても様子がおかしい。

激うま料理にテンションが上がっているんだろうか。

その気持ちは俺としてもよくわかる。

俺はこくりと静かにカムイに頷いた。するとなぜか目を逸《そ》らされた。

二人の気持ちは完全にすれ違っていた。俺とカムイはねじれの位置だ。

次にデザートが来る、という段階で俺の腹はパンパンになっていた。

やわらか白パンが食べ放題なのが良くない。

デザート入るかな……と思っていると、急にフッと個室の照明が落とされた。

すわ襲撃かと思い風魔法を使って索敵を行いながら、臨戦態勢に入る。

ただカムイ達の方にまったく慌てた様子がない。

すると……。

「おめでとうございます～」

がちゃりとドアを開いて、店員がやってきた。

ろうそくに照らされたカートの上には、どっしりとしたケーキが載っている。

その上には誕生日おめでとうの文字が記《しる》されていた。

あ……そうか。

今日、俺の誕生日だ。

呆けていると、三人が手に袋を持っている。

俺の知識を教えたおかげで、メルさんは既にインベントリアの容量を広げることができるようになっている。そこから取り出したのだろう。

三人の顔を見れば、取り出したのがプレゼントだということはすぐにわかった。

「お父さん、もっとちゃんとしてよ！」

「そ、そうは言ってもよ……」

カムイがずっと挙動不審だった原因はこれだったのか……。

転生してから一度も祝われることがなかったせいで、誕生日自体かなり意識の片隅に追い出されていた。

前世の誕生日の方が強く覚えているくらいだ。

「「「お誕生日、おめでとう!!」」」

渡してくれる袋を受け取って、バースデーケーキの上に載っているろうそくの火を吹き消す。

この文化はこっちの世界にもあるのか。

もしかすると、俺みたいな転生者が他にもいるのかもしれないな。

「ありがとう……ございます」

再び照明がついてから、ぺこりと頭を下げる。

誕生日を祝われるのなんて、前世でじいちゃんにされて以来だ……。

気恥ずかしいけれど、妙に嬉しい。

そんな不思議で、けれど温かい気持ちが、胸の中に満ちていく。

「開けてもいい？」

「もちろん！」

まず最初に開くのはカムイの袋だ。

中から出てきたのは、一本の剣だった。

「まだ身体強化は使えねぇが、剣術自体は最低限ものになったしな。真剣の一本も持っておいた方がいいだろ」

なんでも彼が以前使っていたものらしい。

大して剣に造詣《ぞうけい》の深くない俺でも、業物《わざもの》だということがわかる逸品《いっぴん》だった。

続いてメルさんの袋を開けると、中から出てきたのは一本の杖だった。

マホガニー材のような光沢があり、上側の端に紫色の宝石が埋め込まれている。

「エルダートレントの樹に時空魔法に相性の良い宝玉が埋め込まれてるわ。これ自体が一つの魔道具にもなってるの」

「ま、魔道具ですかっ⁉」

この世界における魔道具とは、基本的には高級品だ。

もちろん中には測定球のように、ただ同然で配られるものもあったりするんだけど。

魔法的な効果を込める付与魔法が使える人間は、その数がめちゃくちゃ少ないのだ。

この国に付与魔法の使い手は一人もいないし、世界全体で見ても二桁に満たない数しかいない。

付与魔法は血統魔法と言われる、魔法が血統で決まるレア属性の魔法のうちの一つだからだ。

この魔法は隣国であるヒュドラシア王国の王家の血筋の人間にしか発現することがない。

多分だけど、特定の遺伝子を持っている人間にしか発現しないんだろう。

「時空魔法に使う魔力を込めれば、周囲から完全に隔絶《かくぜつ》した空間の中に入ることができるの。今のクーンが本気で使えば、夜にぐっすり眠ることができるくらいには維持できるはずよぉ」

とんでもない性能だ。

どんな状況でも安眠ができるというなら、以前はできなかった魔の森での一泊なんかも可能かもしれない。

正直いくらするのか、まったく値段に見当がつかない。

ただ間違いなく、金貨千枚は下らないだろう。

金貨一枚が概算一万円なので、日本円に換算すると一千万以上ということになる。

というかそもそも、魔道具は隣国の王族に伝手《つて》がないと買うことすら難しい。

小市民の俺では、怖くて普段使いできなそうだ……。

「それと……私にももっとフランクに接してくれると嬉しいかなぁ。カムイとだけ仲が良さそうで、嫉妬しちゃうもの」

「……わかった」

敬語から切り替えるタイミングがなかったのでずるずる来てしまっていたが、考えてみるとたしかにいい機会だ。

別にメルだけに隔意《かくい》があるわけでもないし。

「私は、これよ」

アリサが渡してくれたのは、一冊の分厚い本だった。

彼女が写した本で、そのタイトルは『百科図鑑』。

俺がこの世界の常識に疎《うと》いので、これを使って勉強しろということらしい。

「…………」

「何よ、不満なの？」

もちろん、まったくもってそんなことはない。

ただ今の気持ちを、上手く言葉にすることができなかったのだ。

「あ……ありがとう！」

「わっ、いきなりおっきな声出さないでよ⁉」

最後に誰かに何かをもらったのなんて、一体いつぶりだろう。

前世の頃じいちゃんにもらって以来かもしれない。

身体の奥の奥からこみ上げてくる何かが、じんわりと身体を温めてくれる。

その熱はじぃんと俺の胸を震わせ、その喜びを全身へと広げてくれた。

「えへへ……」

「ふんっ……しっかり読みなさいよね」

ぷいっとそっぽを向くアリサ。

その耳の先端は、わずかに赤くなっていた。

どうやら彼女も少し恥ずかしがっているみたいだ。

「ほらほら、早く食わないとケーキが冷めるぞ」

「ケーキって元々温かかったかしら……？」

夫婦漫才を始めた二人の言葉を聞きながら、デデンと鎮座《ちんざ》しているケーキへと挑む。

俺達は想像以上にデカいバースデーケーキを、必死に平らげるのだった。

俺はこの日、本当の意味でカムイ家の一員になれたような気がした。

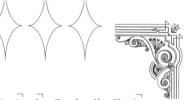

【side　カムイ】

実はここ数年、俺はある悩みを抱えていた。

自分の娘であるアリサについてのことだ。

あいつには才能がある。

メルに似た魔法の才能と、俺から受け継いだ剣士としての才能。

たゆまぬ努力を続ければ、一廉《ひとかど》の人物にはなれるだろうという潜在能力があるのはすぐにわかった。

けれどある程度強くなってくると、あいつは明らかに増長し始めた。

稽古にも身を入れておらず、俺との模擬戦もなんだかんだと理由をつけて避けるようになった。

才能がある人間が、強くなるとは限らない。

いやむしろ俺が知っている奴らの中には、元はそこまで強くなかったやつらが多い。

結局のところ、強くなろうと頑張り続けるやつが一番強くなるものなのだ。

小さい頃から甘やかして育ててきた俺達も悪いんだろうが……同年代で張り合えるようなやつがいないのも良くないんだろう。

ただアリサはある時から、同年代の友達を作ろうとしなくなった。

その原因はわかっている。

なので俺達も、あまり強くは言えなかった。

現状をなんとかしなくちゃいけねぇとわかってはいたんだが、アリサは俺に似て気が強い。

俺が手加減せずに叩きのめしたところで、かえって反発が強くなるだけだろう。

何か手はないか……と考えたが、今の俺達に取れる手は少なかった。

色々とあったせいで、昔の伝手を頼るわけにもいかねぇ。

と、そんな時にメルが見つけたのがクーンだった。

ありえねぇ魔力量を持ってる見知らぬ人間と言われたので警戒しながら向かってみたら……

そこにいたのは煤《すす》けて見えるガキだったのだ。

年齢が見た目と合わない魔人種かと思ったが、そんな感じでもない。

話を聞いてみると、クーンはラーク王国の魔導師達に師事しようとして、見事に失敗したらしい。

半ば自棄《なかやけ》になっているクーンを見て、こいつをこのまま放置はできねぇと思った。

子供の面倒を見てやるのが、大人の仕事だ。

子供が真っ直《ますま》ぐに生きていけないのなら、それはきっと世界そのものが間違っている。

ラーク王国は魔法後進国のくせに、プライドの高い魔導師が多い。

ヒュドラシアの技術をパクれるだけパクっといて自分の国でふんぞり返ってるんだから、とんだお笑いぐさだ。

そんな奴らに習うより、俺達の方がこいつを強くしてやることができるだろう。

俺はこいつを連れ帰ることにした。

もしかするとアリサのいい発奮《はっぷん》材料になるかもしれないと思ったが……結果は想像以上だっ

たぜ。

クーンを見つけることができたのは、間違いなくここ数年で一番の幸運だった。

こいつは真面目で、とにかく弱音を吐かねぇ。

妙なところで達観したところがあるやつで、たまに俺より年上と話してるんじゃねぇかと錯《さっ》覚《かく》するようなことがあるくらいだ。

こいつは強くなる。

大して時間が経たないうちから、俺はそんな確信を持った。

クーンには身体強化の才能はなかった。

おまけにその時点で使えるのは最大で中級魔法までだった。

だがこいつには向上心があって、ガッツがある。

その二つがあって強くなれねぇことはねぇ。

よほど師匠に恵まれなかったりすれば別だけどな。

そして教えるのが俺とメルである以上、そんな心配は無用だ。

「うーん……」

アリサは工夫をして戦うクーンに負けて鼻っ柱を折られてから、いくらかその凶暴性が鳴《な》りを潜《ひそ》めるようになった。

最近では人が変わったように真面目になり、俺に稽古をつけてくれとねだってくるようになった。

おかげで今では、クーンと良い勝負をするようになっているという。

当初の問題は解決した。

俺やメル達から礼を言いたいところだったが、クーンは妙に他人行儀なところがある。

今でもメル相手には敬語だしな。

なんで、誕生日を盛大に祝ってやることにした。

ぺこぺこと頭を下げるあいつは相変わらず丁寧すぎたが、会も終わりの方になるといくらか態度も砕《くだ》けてきたように思える。

せっかくの機会だし、もうちょっと腹を割って話し合いをしてみるか。

「どうだ、最近何か困ってることとかねぇのか？」

「身体強化以外の方法で、近接職と戦える方法がないものかな……と」

俺は私生活の方の話を聞いたつもりだったんだが、クーンの頭の中は強くなることでいっぱいらしい。

思えばこの一年、ほとんど休ませることなくしごきあげてたか。

少しくらい休みをやった方がいいかもしれない。

しっかし近接職と戦う方法ねぇ。

「北海を隔《へだ》てた先にあるラカント大陸の方には気力を使って身体強化みたいなことができるやつらがいるって話は聞いたことがあるな」

「気力……ですか？」

「ああ……最も俺自身行ったことがねぇ又聞きの話だけどな」

大陸を隔てる北海は広く、両者の間の行き来はほとんどない。

稀《まれ》に遭難した船がやってくるらしいが、その頻度もさして高くない。

その遭難したやつと話をしたことがあるんだが、あっちの大陸の人間には生まれつき魔法を使える人間がほとんど生まれないらしい。

ただ回復魔法や火魔法なんかの便利な力がない代わりに、あっちの人間は気力と呼ばれる近接特化の魔力みたいなもんを使うことができる。

純粋な身体強化の度合いだけでいうと、あちらの方が高い。

魔法が使えない分、遠距離攻撃に弱いらしいがな。

「それなら俺もラカント大陸に……」

「やめといた方がいいと思うぞ。失敗して水難事故で死ぬだろうし」

身体強化が使えず一縷《いちる》の望《のぞ》みにかけてあっちに渡ったやつを俺は何人も知ってるが、こっちまで帰ってきたやつは一人として見たことはない。

気力使いから話を聞いたことがあるが、魔力と気力を同時に扱うことはできないらしい。

それをやると、身体が内側からはじけ飛ぶんだと。

えーっと、あいつはなんて言ってたっけか。

たしか人間の魂は魔力と気力、どちらか一つを満たすくらいしかデカくない、みたいな話だったはずだ。うろ覚えだけど。

俺の説明を聞いたクーンが、がっくりと肩を落とす。

どうやらこいつにとって、近接戦ができないというのがネックになっているようだ。

「前も言ったが、魔導師としては十分強い。遠距離からバカスカ魔法を打ちまくる固定砲台になれば十分戦争でも活躍できると思うが……」

「いや……やっぱり戦うなら剣士でしょ。俺、カムイみたいな魔法剣士になりたいんだ」

「……ほぅ、そうか」

クーンの目は、キラキラと輝いていた。

憧れを前にして足を止めていることなんてできない少年ハートがむきだしになっている。

俺みたいな魔法剣士、ね……。

言われて、不思議と心が弾んでいる自分がいることに気付く。

『あらあら、私、息子も欲しかったのよねぇ』

以前クーンを拾ってきた時のメルの言葉が脳裏をよぎった。

色々とゴタゴタしていたし、もしもの時のことも考えて子供は一人しか作らなかったんだが……たしかに息子がいたら、こんな感じなのかもしれねぇな。

一年過ごしてみてわかったが、クーンは真面目でいいやつだ。

俺は付き合う相手は有能なやつ、面白いやつ、そしていいやつの三種類だけにすると決めている。

有能で面白いクーンのことは、その……嫌いじゃねぇ。

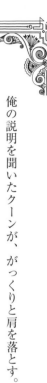

まあ息子としては、少々出来が良すぎる気がするけどな。

俺がこいつと同い年の頃なんか、年齢を誤魔化して酒場に入り浸《いびた》り、女のケツばっかり追いかけてたし。

もうしばらくして成人したら、一緒に酒でも酌《く》み交《か》わしたいところだ。

きっとその時には、息子と交わす酒ってのがどんな味なのか、わかってるだろうからな。

場所は家の裏庭……ではなく、いつもの不惑《ふわく》の森に作った特設ステージ。

土魔法を使って段差やそれっぽい質感を再現して作り出した壇上で、俺とアリサは杖と剣を構えながら戦っていた。

「よしっ、今日は俺の勝ち！」

「はあっ、はあっ……あとちょっとだったのに……」

地面に倒れ込んでいる彼女の隣には、俺が打ち込んだ土槍が突き刺さっている。

『おおっとクーン選手強い、強すぎるぅ！』

脳内実況の増田《ますだ》さんも俺の勝利を喜んでくれていた。

息も絶え絶《だ》えな状態で泥《どろ》に塗《まみ》れているアリサの手を握り、引き上げてやる。

アリサとは、俺が上級魔法を使いこなすことができるようになった時点で大分有利に戦えるようになっていた。

……そう、俺は既《すで》に上級魔法を全属性で使うことができるようになっている。

当然ながら中級魔法を弄《いじ》って使っていたなんちゃって上級魔法ではなく、純正のやつだ。

もちろんこれらもチューンナップしているため、実際の威力は帝級《ていきゅう》に近いとカムイとメルからお墨付《すみつ》きをもらうこともできている。

ただ少々威力が高くなりすぎたせいで、俺の改良上級魔法は対人戦闘で使えないレベルの極悪仕様《ごくあくしよう》に仕上がってしまっている。

盗賊討伐《とうばつ》や魔物狩りなんかの冒険者の活動の時には使うこともそこそこあるが、危険すぎるので模擬戦での使用は基本的には厳禁だ。

この頃、俺はアリサ相手に白星の数が増えてきている。

結局身体強化は使えなかったが、毎日鍛《きた》えているおかげで身体ができあがっているのも大きいんだと思う。

そのせいで最近、アリサは俺と戦うと露骨《ろこつ》に機嫌《きげん》が悪くなる。

お互い成長しているのでちょっとわかりづらいが、彼女も以前と比べるとかなり強くなっているはずだ。

明らかに俺を意識している彼女は、ここ最近はかなり修行に身を入れている。

よく裏庭でカムイと戦っているのを見るようになったし、夜に目を覚ますとアリサの部屋から明かりが漏《も》れていることなんかも何度もあった。

根を詰めすぎているようなので、可能な限りガス抜きをしてあげようと、俺は基本的に生活スタイルをアリサに合わせるよう配慮《はいりょ》していたりもする。

流石《さすが》に精神年齢で一回り以上離れている女の子相手にムキになるほど、俺は子供じゃない。

もちろん手加減して勝ちを譲《ゆず》ってあげるほど大人でもないんだけど。第一そんなことをしても、彼女も嬉しくないだろうしね。


「もう一回やるわよ！」

「はいはい」


父から譲り受けた剣を構えるアリサに対し、俺はメルからもらった杖を構えて相対する。

そして俺の魔法とアリサの剣技が、再び激突した。

俺がカムイ家にお世話になってから、早いもので二年の月日が流れていた。


「ふんふーん、ふふっふーん」


鼻歌交じりに街を歩いているのは、我らが姫ことアリサだ。

彼女は陽気に腕をぶんぶんと振り回しながら街中を歩いている。

鍛えているせいで腕の速度が尋常ではないため、腕がブレて消えるような錯覚《さっかく》を覚えてしまうほどだ。

恐ろしく早い腕振り、俺じゃなきゃ見逃しちゃうね……。

この世界の基本的な暦は、一年三百六十日だ。

光・火・水・風・闇・土・安息日の週七日制で、日曜日に当たるのが安息日だ。

聖書と似たような感じで、この世界の神様も六日で世界を作り、ラスト一日はゆっくり休んだ。

神様が休んでんだから、人間も休もうぜってな具合に。

俺もその例に漏れず、週に一度は休息を取るようにしていた。

毎日根を詰めすぎていても良くないし、適度な休息は大切だ。

まあ、基礎トレは毎日するし、遊ぶのもアリサと一緒に模擬戦をしてからになるから、純粋に丸々一日オフってわけでもないんだけど。

「あら、これすっごいかわいいわ！」

「えー、そうかなぁ……？」

「クーンには聞いてない！」

アリサの趣味は露店巡《ろてんめぐ》りだ。

彼女は休みの時間ができると、よく冷やかしがてらに露店を回り、そして財布《さいふ》の紐《ひも》を緩《ゆる》めて色々なものを買う。

ただ下手の横好きというやつか、彼女にまったく選球眼はない。

俺からするとガラクタにしか見えないようなものを買うことがほとんどだったり。

彼女が自分で稼いだ金を使ってるだけだから基本的に文句を言うつもりはないけれど、なるべく俺も同行するようにしている。

アリサはつっけんどんだけど根は素直な子だから、言葉巧《たく》みにだまくらかされてガラクタを押しつけられることなんかも多い。

一つ上のお兄ちゃんとしては、そんな事態を見過ごすわけにはいかないからね。

「これ一つ！」

「銀貨二枚だよ」

「わかっ……」

「ちょっと待っておじさん、いくらなんでもそれは高すぎるんじゃない？」

俺は二人の交渉に割って入り、なんとかその空き缶みたいなガラクタを、銅貨五枚まで値引くことに成功したのだった。


アリサが買ったのは、俺からすると奇妙にしか見えない木製の人形だった。

寸胴《ずんどう》体形の上に、トーテムみたいな感じの奇抜な顔がついている。

「……（にまにま）」

アリサはその人形をぎゅっと抱きしめながら、上機嫌で街を歩いていた。

俺も鍛えている方だけど、身体強化が使える人間はその分だけ元の肉体も強靱《きょうじん》になりやすい。

途中からはついていくのに必死で、彼女が止まった時には軽く息が上がってしまっていた。

「ふうっ、ふうっ……疲れたぁ」

「鍛錬《たんれん》が足りないわよ」

「はいはい、そうだね」

公園に入り、ベンチに腰掛ける。

距離は拳五《こぶし》つ分くらい空《あ》いているが、これでも最初と比べればずいぶんマシになった方だ。最初の頃なんか、同じベンチに腰掛けるのすら許されなかったからね。

「はあ……なんでこんなのにも勝てないのかしら、納得いかないわ」

「そんなこと言われても」

「でも今日はこのウェンディーちゃんに免じて許してあげるわ！」

どうやらアリサは既に人形に名前をつけているようだ。

呪いの人形と言われた方が納得できる見た目だけど、ずいぶんとかわいらしい名前だ。

なんだか今日、アリサはいつにも増して機嫌がいい気がする。

何かいいことでもあったんだろうか？

「ねぇ」

「なにさ」

「最近……どう？」

『質問抽象的すぎない？』という言葉をグッと喉の奥のあたりでこらえる。

アリサは色々と言葉足らずなところも多い。

そのくせ上手いこと意を汲《く》まないと機嫌を悪くしたりすることも多いので、頭をフル回転させて正解を選び取る必要がある。

最近というのは、どのくらい最近のことなのだろうか。

俺の灰色の脳細胞から導き出された結論は——。

「前の家にいた時より、ずっと楽しいよ」

「……そうっ」

アリサは笑顔だった。

どうやらそう的外れなことは言わずに済んだみたいだ。

「アリサの方は、最近どう？」

「私？　私は――」

アリサの言葉が止まる。

遠くから聞こえてくるのは、女の子の悲鳴だった。

「アリサ、今の――」

「行くわよ、クーン！」

アリサは俺の答えなんか聞かず、ずんずんと声のした方へと進んでいく。

必死になって後を追いかけながら路地裏を進んでいくと、下卑《げび》た笑みを浮かべている男達の姿があった。

その先には路地の行き止まりに押し込められた女の子の姿があり、衣類に手をかけられている。

領都の治安はいいが、それでも現代日本と比べれば雲泥《うんでい》の差《さ》だ。

裏路地へと入り込めば、人攫《ひとさら》いの被害に遭うことだって少なくない。

「シッ！」

無詠唱で水魔法を発動させ、地面ごと男達の足を凍らせる。

咄嗟《とっさ》だったので威力調節がちょっと甘いが、くるぶしの辺りまでを氷で覆うことができた。

アリサの進路だけは凍らせなかったので、彼女はずんずんと進んでいき、あっという間に男達をたたき伏せてみせた。

恐ろしく速い峰打《みねう》ち、俺じゃなきゃ……ってこれはもういいか。

これくらいの連携《れんけい》ならお手の物だ。

何せ定期的に戦い合っている仲である。

お互いにできることはよくわかっているのだ。

「大丈夫、歩ける？」

「は、はい……」

どうやら男達は昏倒《こんとう》させただけで、殺してはいないようだ。

たしかにいきなり人の首が吹っ飛ぶスプラッターな様子を見たら、女の子の一生のトラウマになるかもしれないものね。

「衛兵に突き出す？」

「……いや、やめときましょ。このまま路地裏に放置しとけば、しかるべき人達がしかるべき処置をしてくれるはずよ」

「了解」

肩をいからせながら女の子を引き連れて歩いていくアリサ。

彼女の後ろ姿は、女騎士らしく凜々《りり》しい。

ただアリサを見る今の俺は、間違いなくしかめっ面《つら》をしているだろう。

（どうしてアリサは、いつも官憲《かんけん》を頼ろうとしないんだろう？）

アリサはあまり人前に出ていくことを良しとしない。

カムイやメル達もそうだ。

彼らはあれほど実力があるにもかかわらず、なるべく俗世と関わりを持たずに、屋敷にこもって悠々自適な暮らしをしようとしている節がある。

流石に二年も一緒に暮らしていれば、鈍感な俺でもカムイ家に何か事情があることはわかる。

カムイ家には色々と隠し事が多い。

たとえばメルとアリサは時折、二人きりで魔法の特訓をすることがある。

何の魔法の練習をしているのかは、秘密ということだ。

戦いぶりが変わるわけじゃないので戦闘用ではない何かなんだろうけど……。

カムイやメルほど実力のある人間が無位無冠《むいむかん》のままいるなんて、力こそパワーなこの世界じゃありえないことだ。

アリサだってあれだけ負けん気の強い性格なのに、目立つことだけは異常に嫌ったりと大人びているところも多い。

実際の戦闘能力で言えば俺の方が高いかもしれないけれど、彼女の背中は俺よりも大きく、そして頼もしく見える。

十歩も歩けば追いつけるはずの背中が、妙に遠く感じられた。

(はぁ……頼りにされてないのかな、俺)

胸に去来《きょらい》するのは、一人だけ疎外《そがい》されていることへの寂しさだ。

なんだか自分一人だけが、カムイ家に交じれていない気がして……。

そりゃあカムイ達から見れば俺なんてまだまだひよっこなんだろうとは思うけどさ。

それにしたってもうちょっと……。

「クーン、遅いわよ！」

ちょっとだけおセンチな気分に浸《ひた》っていると、こちらを振り返ったアリサにドヤされてしまった。

慌てて早足になりながら後へついていく。

女の子を家まで送り届けた時には、既に夕暮れになっていた。

俺達も家に帰る時間だ。

「でね、さっきの続きだけど……私も今が、楽しいわ。こんな日がずっと続けばいいのにね……」

「……うん」

アリサの横顔は、美しかった。

そして彼女が口にした言葉は、今の俺の心境とぴったりと一致していて。

俺の足取りは、家に着く頃にはずいぶんと軽くなっていた。

——この世界には変わらないものなんて何一つないって、知っているはずなのに。


日が暮れ、建物の影が伸びて世界を浸食していく時間帯。

薄暗くなり始めていた街道を歩いていると、突如《とつじょ》として得体《えたい》の知れない感覚がやってくる。


「——アリサ」

「ええ、気付いてるわ。普段通りに歩くわよ」


俺達は努《つと》めて平静を装いながら、顔を見合わせていた。

——誰かに、見られている。

索敵《さくてき》の範囲には何もかかっておらず、周囲に怪しい人影はない。

けれど確かに、感じるのだ。

殺気というかなんというか……こちらに妙にねばっこい視線を向けている誰かの気配を。

気を抜いていたつもりはない。

いつものように風を使った索敵はしていたし、日々磨《みが》いている感覚はしっかりと機能している。

けれどそれでも、まったく気付かなかった。

つまりはあちらの方が間違いなく手練《てだ》れ、ということだ。

「今の私達だと勝てるかどうか……」

「戦う必要はない。急いで家に帰ろう。大通りを通って、真《ま》っ直《す》ぐに」

なるべく人目のないところを通らないよう、真っ直ぐ家へと歩いていく。

ベグラティアの大通りは、南北を繋《つな》げる形の目抜き通りになっている。

領都に出店している喫茶店やお土産屋なども、目抜き通りに集中している。

そのため大通りは特に人通りが多いのだ。

安息日にやっている店がこのあたりに集中しているということもあり、正直人混みがすごい。

これだけ人が多いと、誰が敵で誰が味方なのかを判別するのも難しいだろう。

だがそれは向こう側も同じはずだ。

「アリサ、手を握って！」

「う……うん」

人混みの中に入ってしまえば、追っ手も俺達のことをそう簡単に追いかけてはこれないだろう。

離ればなれにならないようギュッと手を握った。

初めて触れるアリサの手は、強く握れば弾けてしまうんじゃないかと思えるほどにやわらかい。

人混みの中を必死になって歩いていく。

「ごめん……なさい、ごめんなさい、私のせい……私のせいなの……」

アリサは今までと別人のようだった。

彼女はしきりに謝りながら、離れまいと俺の後を必死についてくる。

喧噪《けんそう》の中で、彼女のポツポツとした呟きが、いやに耳の奥に残っていく。

「わ、私が囮《おとり》になって……」

「バカ言うな！　帰るんだ、二人で……」

あと少し、あと少しで家に……。

ドッ！

何かが胸に突き立つ。

よく見ればそれは、一本のナイフだった。

ただ不思議なことに、刀身が見えなくなるほど深々と突き立っているというのに、血は一滴も出ていない。

それを投げたのは、馬面《うまづら》の一人の男だった。

小ずるそうな顔をしているが、腕利きには見えない。

だが真正面から投げナイフを、こちらに気付かれずに命中させてきたのだ。

かなりの実力者なのは間違いない。

突如として、意識が朦朧《もうろう》とし始める。

何日も徹夜をしたあとのような抗《あらが》いがたい睡魔が襲いかかってきた。

俺達と馬面の男の様子に気付いた周囲の人達が騒ぎ出す。

けれど聞こえてくる喧噪はどこか遠いもののように思えた。

「――ッ！　クーン！　クーン！」

すぐ後ろにいるはずのアリサの声が、まるで分厚い壁で隔《へだ》てられているかのように遠くから聞こえる。

そうだ、アリサを、守らなくちゃ……。

血を流すほどに唇《くちびる》を噛みしめ、なんとか意識を保《たも》ちながら風魔法で索敵をする。

俺にナイフを投げてきたやつが一人、そしてこちらを半包囲しようとしているやつらが三人。

目に見える範囲の敵は四人だが、まだ他にもいるかもしれない。

倒しきれるか？

否《いな》、不可能だ。

杖を出して時空魔法の結界を張るか？

否、そんな隙《すき》を襲撃者達が見逃すはずがない。

こんな状態じゃ、目の前にいる男一人を殺すことも難しいだろう。

周りが人だらけの状態じゃ、あまり下手なこともできやしない。

それなら俺に取れる手段は——。

俺は空へ手を伸ばし、無詠唱魔法を発動させる。

使うのは上級火魔法、エクスプロージョン。

改良し温度を高め青く変色した炎が、凄まじい熱を発しながら空へと向かっていき、そして
……。

「爆《は》ぜろッ！」

ドオオオンッ‼

俺が拳を握りしめるのと同時、空に浮かび上がった爆炎が弾け飛ぶ。

そして俺は睡魔に抗えず、完全に意識を失うのだった――。

【side　カムイ】

「むにゃ……」

おやつを食った後に眠気に負けて昼寝をしていた時のことだ。

ドオオオンッ‼

突如として聞こえてきた巨大な音に、俺は目を覚まし即座に臨戦態勢を整える。

この魔法は、間違いなくクーンのだ。

いざという時のために取り決めをしていた派手なエクスプロージョンの魔法。

あらかじめ決めておいた、救援のサインに違いない。

剣を手に急ぎ居間に出ると、俺と同様臨戦態勢を整えたメルの姿がある。

「どこだ⁉」

「目抜き通りよ、ここから歩いて五分」

メルと共に家を出て、目的地へと駆ける。

するとそこには、明らかにカタギではない気配を纏《まと》う男達の姿があった。

先ほどの爆音で人々がパニックになって散《ち》り散《ぢ》りに逃げている中で、そいつらだけが規律だった動きをしている。

俺ほどじゃないが、どいつもそこそこやりそうな感じだ。

数は十二。俺とメルで十分対処可能だ。

「カムイ、あれ！」

メルが指差したのは、男が背負っているズタ袋だった。ちょうど人を入れることができそうなサイズ感だ。

中に何が入っているかは、言われずとも察《さつ》しがつく。

「てめぇら……俺の子供達に手ぇ出して、覚悟はできてんだろうなぁっ！」

躊躇《ちゆうちよ》なく、限界ギリギリの出力で身体強化を発動させる。

頭は今にも沸騰しそうだったが、剣を振るう心はあくまでも冷静にいかなくちゃいけない。

爆発しそうな感情を剣気に込めて、剣を振るう。

「シッ！」

本気の俺と打ち合える人間は多くねぇ。

最初の一度は剣がぶつかり合うが、相手は二合と打ち合えずに倒れていった。

手加減なんてする余裕はなく、全員を一刀の下に斬り伏せていく。

どうやら俺も、完璧に冷静でいられてはいないらしい。

俺が近付いているうちに発動準備を終えていたメルが、魔法を使い男達を倒していく。

俺達の実力を理解すると同時、ズタ袋を持つ男が最後尾に。

そしてその男を守るような形で残る男達が前に出てきた。

それら全てをたたき伏せ、最後の男をたたき伏せる。

だがその時には既に、そいつが持っていた袋は完全に消えていた。

「こりゃあ……どういうことだ……？」

メルに魔力感知を使ってもらったが、クーンとアリサの魔力は既にこの場になかった。

突如として消えたとなると、考えられる可能性はそう多くない。

転移魔法、あるいは転移の魔道具……どちらもこの国じゃあまだ研究の進んでいない分野だ。

こいつが使えるやつらは、世界全体で見てもかなり限られるといっていい。

「……ヒュドラシアに嗅《か》ぎつけられたか？」

「わからないわ……でも、その可能性が高いかも」

クーンとアリサが消えた。どこに行ったかもわからねぇ。

なんにせよ、俺達も動く必要があるだろう。

一度出奔《しゅっぽん》した手前あまりいい顔はされないだろうが……背に腹は代えられねぇ。

行くか、ヒュドラシアに。

「ま、あいつらならなんとかするさ」

「なんとかって……そんな適当な。あの子達が心配じゃないの？」

「二人とも、自力で生きていけるだけの力はつけさせたつもりだ。俺達の子供なんだ……心配する必要なんか、ないさ」

嘘《うそ》だった。

当然ながらめちゃくちゃ心配はしている。

だが俺がどれだけ心配して焦《あせ》ったところで、結果が変わるわけじゃない。

焦りは大抵の場合、碌《ろく》な結果を生まない。

一家の大黒柱ってやつは、本当にヤバい時こそどっしりと構えなくちゃいけない。

もちろん救出のために全力を出すのは当然のことだ。

必死になって頭を回転させていく。

任意の場所を指定しての転移はまだ研究の途中だったはずだ。

そう簡単に完成するようなもんでもないだろうから、今の転移技術では大雑把《おおざっぱ》な範囲に飛ばすことしかできないだろう。

飛んだ先に大量の敵が待ち構えていて強引に取り押さえられる……なんてことにはならないはずだ。

それだけの穴がありゃあ、あいつらならなんとかできるだろう。

この日、俺達は二人の子供と離ればなれになった。

だが俺には自信があった。

根拠はないが、それでも自信があったのだ。

あいつらならきっと、俺達のところに帰ってくる。

そしてきっとその時、二人は以前よりもずっと成長しているに違いないと。

正直アリサ一人だとちょっと不安だったかもしれんが……新たなうちの子は優秀だからな。

案外ひょっこりと平気な顔をして帰ってくるかもしれない。

ひょっとすると再会する時には、もう成人してるかもしれないな。

そんなことを考えながら、俺は衛兵がやってこないうちにそそくさとベグラティアを後にする準備を進めるのだった――。

第四章　新天地

目覚めると同時、意識が覚醒《かくせい》する。

あれだけのことがあったのに、不思議と心は落ち着いていた。

まずは現状の確認からだ。

薄く目を開き、周囲の状況を確認する。

薄暗くて、だだっぴろい空間だ。

ここは……どこかの倉庫か何かだろうか？

身体が臨戦態勢を整えようとするが、動かない。

見れば手足を、縄で拘束《こうそく》されている。

右を確認すると、そこにはぐったりとした様子で眠っているアリサの姿があった。

急ぎ這《は》い寄《よ》りながら確認すると、彼女の年齢のわりにたわわな胸がゆっくりと上下している。

ほっ、良かった……。

ダイ〇ンと変わらない吸引力の胸部から必死になって視線を外し、まずは風魔法を使って状況を確認しようとした。

すると……妙だ。

魔法を使うため魔力を体外に出そうとすると、身体と外側の境目の辺りに妙な引っかかりを感じる。

腕の関節を外しながら前に回してみると、手枷《てかせ》に何か模様が描いてある。

これが魔力を押しとどめようとしているらしい。

この魔力を吸い込まれるような感じには覚えがある。

測定球を使った時の感覚に似ているのだ。

それなら……と、俺は一発で測定球をぶっ壊したあの時のように、魔力を大量に込めまくる。

すると枯れ枝を踏《ふ》んだような音がして、あっという間に手枷が壊れた。

よし、力業《ちからわざ》だけどなんとかなったな。

やはり魔力量は正義、はっきりわかるんだね。

枷を壊したことで制限がなくなったので、まずは自分の身体を確認する。

何一つおかしなところはなかった。

記憶が確かなら意識を失う前、俺の胸にはナイフが刺さっていたはずだけど、傷跡はまったく残っていない。

刺さっただけで強烈な眠気に襲われたことと併《あわ》せて考えると、あれは特殊な魔道具か何かだったのかもしれないな。

続いて風魔法で改めて周囲を確認する。

隙間《すきま》から微風を通すと、扉の先に二人の男がいることがわかった。

他に出入り口に使えそうな場所はない。

さほど出来が良くないからか天井《てんじょう》には小さな穴が空《あ》いている。

まず確認だが、ここの場所は不明。

ただあの爆炎で、カムイ達は間違いなく俺達に異変があったことに気付いたはずだ。

その上で彼らが来ていない……となると状況は最悪に近いだろう。

敵がカムイ達ですら勝てないくらい強いか、もしくは手出しができないようにする手立てを持っているということだ。

助けが期待できない以上、俺達は自力でここから逃げる必要がある。

警備の男達を相手にして勝てるだろうか……俺にはメルのような敵の魔力を感知できる魔法もなければ、カムイのように強さを感じ取れる嗅覚《きゅうかく》もない。

……できるのか、俺に？

「んうぅ……」

不安に思っている中、アリサが間抜けな声を出す。

寝返りを打とうとして失敗し、眉《まゆ》をひそめていた。

彼女を見れば、不思議と決意が固まった。

できるか、じゃない。やるんだ。

俺はなんのために強くなった？

――大切な人を、守れるようになるためだろ。

アリサは俺にとって、大切な人だ。

であれば躊躇《ちゅうちょ》する必要なんて、何一つない。

まず最初に、風魔法を使って音を集める。

警備のやつらの話し声から、取れる情報は取っておくべきだろう。

「しっかし、変な命令だよなぁ。封魔《ふうま》の腕輪まで使って閉じ込める必要があるのかよ？　大体あれが本当にお偉方が探してるやつだって保証はないだろうに」

「まあそう言うなって、特徴は言われてた通りだし、当たれば儲《もう》けものってやつだろ？」

「特徴ったって……あんな女の子、どこにでもいるしなぁ」

話を聞いていくつかわかったことがある。

恐らく今回の狙いは俺ではなく、アリサだ。

脳内で作戦を立てていく。

ゆさゆさとアリサの肩を揺らすと、パチリと目を覚ます。

起きた彼女に音を立てないようジェスチャーで伝えてから、風で空気を攪拌《かくはん》しながら状況を説明する。

脱出作戦を始めよう。

帰るんだ、カムイ達のところへ。

とりあえず、できるだけ戦闘は避けることにした。

真《ま》っ向《こう》から戦う選択肢は取るのは、不確定要素が多すぎる。

ここで下手に戦闘音を立てて増援を呼ばれたりしたら厄介《やっかい》だ。

あの馬面男《うまづらおとこ》を含めて、敵は手練《てだ》れ揃《ぞろ》い。

戦わないに越したことはない。

俺の中のリトル孫子《そんし》もそう言ってる。

とりあえず監視の男達がいる壁面近くの倉庫の床を、火魔法を使い焼いて切断する。

風魔法を使って匂いを散らしながら、焼いた先に見えた地面を土魔法を使って掘り進めた。

くいくいっとついてくるよう指で示すと、アリサは何も言わずこくりと頷《うなず》いた。

ちなみに彼女の方にも封魔の手枷はついていたので、当然ながら既《すで》に壊している。

彼女にはアイテムボックスに入れていた、カムイからもらった剣を持ってもらっている。

土魔法を使いトンネルを掘り進めていき、通った場所の土を埋める。

時間稼ぎにしかならないだろうが、やらないよりマシだろう。

外との穴を開通させ、あたりを確認してから飛び出す。

幸い監視の男達はまだこちらに気付いていていない。

どうやらここは街の外らしい。

右側には街道が続いており、左へ進んだ先には城壁が見えている。

城壁の形状はベグラティアのものではない。となると街の外に運び出されたと考えるのが妥当だろう。

街の中に逃げるか、外に逃げるか。

どちらを選ぶか考えている俺の手を、後ろにいるアリサが取った。

彼女が進む先は……左。

俺とアリサは脇目も振らずに走った。

城壁を土魔法で抜けると、その先に広がっているのは鬱蒼《うっそう》と茂る森だ。

自然と人、本当に恐ろしいのはどちらか。

それを理解している俺達は、森の中へと進んでいった。


森の中を進んでいくのには慣れている。

成人前は家にいる時間よりも森にいる時間の方が長かったくらいだし、カムイ達と暮らすようになってからも魔法の練習は基本的に森の中でしてたしな。

それはアリサも変わらないはずだ。

けれど、彼女の足取りは重かった。

「はあっ、はあっ……」

俺よりも体力はあるはずなのに、まるで体力お化けの普段が嘘《うそ》みたいに、息切れをしていた。

明らかに余裕がない様子は、むしろこっちが不安になってくるほど。

表情筋も死んでいて、その瞳《ひとみ》からは完全にハイライトが消えていた。

どうやら魔物と戦いをする余裕もないらしく、道中の戦闘は全て俺が担当だ。

魔物の強さ的には、おおよそCランク前後の魔物が多い。

魔の森ほどではないけれど、魔物の生息域としてはある程度強い部類に入るだろう。

「今日はこのあたりで夜営しようか」

「うん」

森の中を体感で二時間くらい駆けてから、今日泊まる場所の選定に入ることにした。

俺が捕まってからどれくらいの時間がたったのか、既に夕暮れが近付いてきていたからだ。

「本当はもうちょっと距離を稼ぎたかったけどね……」

「うん」

アリサがbotのようになってしまった。

不安なのは俺も大して変わらないけれど、俺には前世分の人生経験がある。

彼女が安心できるよう、いつもと変わらぬ態度を心がけねば。

適当な洞穴《ほらあな》を見つけたので、今日の宿はここでいいだろう。

獣の住処《すみか》らしく中は少々ワイルドな匂いもしたが、たまにはこういう野性味あふれた感じもいいだろう。

風魔法で中を綺麗《きれい》にしてから、土魔法を使って凹凸《おうとつ》を直していく。

メル印のミニサイクロンを使って埃《ほこり》を一箇所に集めてからポイッと捨て、その上にシートと寝具を取り出す。

匠《たくみ》の技によって、あっという間に快適一歩手前くらいの居住空間ができあがった。

しかも、俺には夜営の強い味方がある。

インベントリアからメルにもらった杖を取り出し、空間を切り取っていく。

これでこの住処の持ち主が帰ってきても安心だ。

そういえば使う機会が少なかったこともあって、この杖にまだ名前つけてないんだよな。

そうだな……以後こいつは『断絶の杖《ディボース・ロア》』と呼ぶことにしよう。

「よし、それじゃあご飯にしようか！」

努《つと》めて元気な声を出しながら、道中拾っておいた枯れ枝を組み合わせて即席の焚《た》き火《び》を作る。

前世でアウトドア動画を見ていて良かった。

サンキュー、◯ッド。

火魔法で種火を起こしてから、インベントリアの中から肉を取り出す。

以前森で狩りをしていた頃の肉は、未《いま》だに大量の在庫が余《あま》っている。

積極的に狩りをしなくても、しばらくはなんとかなるだろう。

木串に肉を刺し、炙《あぶ》ってから食べる。

使ってるのが魔物素材で食中毒とかちょっと怖いので、火加減はしっかりとウェルダンだ。

「……（もぐもぐ）」

どんな時でも腹は減る。

顔色は死んでいたけれど、アリサはもぐもぐとご飯を食べ始めた。

腹を満たせば、機嫌も直る。

ぽっこりと膨《ふく》らむほどよく食べた彼女の顔色は、さっきまでと比べると明らかに良くなっていた。

「……ねぇ」

「元気出た？」

「うん、ありがと……」

「そんなに殊勝《しゅしょう》に謝るなんて、アリサらしくないじゃない」

アリサは俺の軽口に反応することもなく、視線を泳がせた。

そして実に彼女らしくないことに……ゆっくりと頭を下げた。

「ごめんなさい……」

「何を謝る必要があるのさ？　アリサは何も――」

「ううん、違うの。今回私達が襲われたのは、私のせいなの……だからごめんなさい」

狙われたのがアリサだということは、あの男達の話から知ってはいる。

けどなぜ狙われるのかは、わからない。

だから俺は懺悔《ざんげ》にも似た彼女の告白に、耳を傾《かたむ》けることにした。

そして知らされる真実は、今まで俺が感じていた色々な疑問を解消させてくれるものだった――。

「私と母さんが二人きりで魔法の練習をしてるの、気になったことあるでしょ？」

ない。

何か俺を打倒するための秘策を練っているとばかり思っていたんだが、どうもそんな気配もない。

アリサは以前から、よくメルと二人きりで魔法の特訓をしている時間があった。

「それは……まあ」

何をしていたか、気になってはいたのだ。

「あれはね……実際に見た方が早いかしら」

そう言うとアリサは、自分のアイテムボックスからとあるアイテムを取り出した。

そこに合ったのは、一本のガラスの棒だ。

何の変哲《へんてつ》もない透明な突《つ》っ張《ぱ》り棒《ぼう》のように見える。

「エンチャント」

アリサの全身が光り、その光が手のひらの先に収束されていく。

そして光が収まったそれを、彼女は差し出してきた。

言われるがまま、魔力を流し込んでみる。

すると棒の先端から、炎が飛び出した。

その勢いはさほど強くはない。

けれどそれは間違いなく、魔法の炎だった。

「これは……魔道具？」

「厳密に言うと魔具ね。今の私には、まだ魔道具は作れないから」

魔法的な効果を発揮《はっき》するもの全てを魔道具というらしいが、厳密に言うとそうではないらしい。

こういった基本的な魔法の延長線上のような効果を発揮させる低級のもののことを、魔道具と区別して魔具と呼ぶらしい。

俺が一瞬でヒートさせぶっ壊したことが記憶に新しい測定球は、分類としては魔具になるらしい。

「作るって……」

魔道具を作ることのできる付与魔法は、生まれによって使えるか否《いな》かが決まる血統魔法。

そして付与魔法は、隣国であるヒュドラシア王国の王族にしか発現していない。

つまりそこから導き出される答えは――。

「アリサって……お姫様だったの？」

「――お姫様って言っていいかは、正直微妙なところだと思うけどね。母さんは父さんと結婚するために、ヒュドラシア王国を出奔《しゅっぽん》したのよ」

そこはかとないラブロマンスの香りがする。

王族が名前を捨てて国を出るって、多分並大抵のことじゃないだろうし。

あの二人は、全てを捨ててでも一緒になろうとしたのか。

なんていうか……すごいな。

ただ、メルは王位継承権はかなり低い、妾《めかけ》の子だったらしい。

王族の傍系《ぼうけい》の妾の子ということで引いている血はかなり薄く、魔力量こそ多いものの血統魔法を受け継ぐこともなかった。

なので出奔も、さほど面倒ではなかったらしい。

恐らく隣国の人達にとっても、そしてメル達にとっても、子供であるアリサが付与魔法を使えるようになるとは想像していなかったのだろう。

「私が付与魔法を使えるって知ってる人間は、多くないわ。父さんと母さん以外には、片手で数えられるくらいしかいないの。何せ一緒に暮らしてるクーンにも内緒にしていたくらいだもの」

もしアリサが血統魔法を受け継いでいるという事情を共有してしまえば、俺は間違いなく隣国のゴタゴタに巻き込まれることになる。

そうなるのを俺が嫌うだろうとわかっていたからこそ、皆でアリサのことは内緒にしていたのだという。

「…………」

「父さん達も、申し訳ないって言ってた。隠し事をするのは嫌だから、私も嫌だったもの」

別に自分がハブられていたわけでないと知り、安心している自分がいた。

どうやら俺は自分で考えていたよりもずっと、皆のことを大切に思っていたらしい。

俺のことを考えてくれているからのようだけど……正直言って水くさい。

別に言ってくれたって、何も問題なんかなかったのに。

嬉しいけれど悔《くや》しくもあり、顔が百面相をしてしまいそうだ。

「ごめん……なさい」

今回俺達が攫《さら》われたのは、恐らくはヒュドラシアの血統を狙ってのものということ。

そして犯人がどこの勢力なのかはわからないが、ヒュドラシアの息がかかっていること。

巻き込まないようにしていた俺がこうして渦中にいることに対して、彼女はごめんと謝っているのだろう。

近付いていくと、アリサがビクッと肩を震わせる。

顔を上げる彼女の瞳は、叱《しか》られるのを待つ子供のように潤《うる》んでいた。

手を伸ばし、そのまま彼女の頭を撫《な》でてやる。

「謝る必要なんか、ないさ。アリサも、カムイ達も……何も悪くないじゃないか」

アリサ達はただ静かに暮らそうとしていただけだ。

それをぶち壊してきたのは、外の人間だ。

アリサ達の方に、瑕疵《かし》は欠片《かけら》もない。

そのまま指先を髪に絡め、手ぐしの要領で梳《す》いていく。

初めて触れる彼女の髪は、その心根を示しているかのようにやわらかかった。

「う……うえええええええんっっ!!」

「……もう、しょうがないな」

堰《せき》を切《き》るように泣き出すアリサを、優しく抱きしめてやる。

いきなり襲われたかと思えばカムイ達とは離ればなれになってしまい、事情を話しながら良心の呵責《かしやく》に耐えきれなくなり、色々と限界になってしまったんだろう。

風魔法を使って音を散らしながら、頭を撫でる。

すると彼女の慟哭《どうこく》の勢いは、ますます増していった。

服がアリサの涙と鼻水でぐしょぐしょになるが、仕方ない。

クーンダムには、アリサ大洪水を受け止める義務がある。

困った時には頼ってくれよ。

そのための……家族だろ。

「とりあえず、こうなったからには一蓮托生《いちれんたくしょう》だ。俺達でなんとしてでも帰ろう。カムイの……父さん達のところへ」

「——う、うんっ！」

気付けば言葉が、するすると自然に出てきていた。

胸の奥に何かがストンと収まるような感覚。

心の中がぽかぽかと温かい何かで満たされるような、不思議な感じだ。

『家族は絶対に守らなくちゃあいかん。大切な人を見つけたら、その人と家族になって、一生をかけて守る。それが男の本懐《ほんかい》ってもんだ』

——じいちゃん、俺、見つけたよ。

一生をかけてでも守りたいと思える……大切な家族を。

【side　アリサ】

私には付与魔法の才能がある。

誰も持っていない才能がこの手にあると聞いた時の幼い私は、とても喜んだ記憶がある。

けれど私に説明をする父さんと母さんの態度が妙に硬かった。

どうしてそんな顔をしているのか。

普通娘が天賦《てんぷ》の才《さい》を持っているのなら、喜ぶのが普通じゃないか。

そんな風に不満を持っていた私は、その理由をすぐに理解することになる――高い勉強代を、払わされる形で。


「アリサちゃんはすごいね～」

「ふふん、そうでもあるわ！」

私は小さい時からずっと、孤独だったわけじゃない。

五歳になる頃までは、友達だってたくさんいた。

当時、私は気付けば子供達のリーダーになっていた。

私は弱いものいじめが大嫌いだった。

だからいじめっ子を成敗《せいばい》しているうちに、気付けば周りには人が集まるようになった。

当時の私には、誰も勝てなかった。

何せ五歳で魔法が使える子なんていうのは、私以外には誰もいない。

父さん達の英才教育を受けたことで、私より一回りは身体が大きい地元の悪ガキを相手にしたって、完勝ができた。

私にはたくさんの友達がいた。

その中でも一番仲が良かったのは、ミーナちゃんという子だ。

右目が赤で左目が青のオッドアイをしている、とても綺麗な子だった。

その見た目のせいでいじめられていたところを助けてから、私とはどこに行く時も一緒だった。

付与魔法が使えることは、絶対に誰にも言ってはいけない。

父さんと母さんはそう口を酸《す》っぱくして言っていた。

けれど親にそう言われれば反抗したくなるのが子供というもの。

五歳の私には、その約束がどれくらいの重みを持っているかなんてことはわかっているはずがなかった。

もっと褒《ほ》められたい、もっとすごいと思われたい。

そんな功名心《こうみょうしん》から私は言った。

言って……しまった。

「あのね……誰にも秘密だよ？」

私は付与魔法の秘密を、ミーナちゃんに教えた。

それがどんな事態を引き起こすかなんて、考えもしないで。

「すごい……すごいよアリサちゃん！」

ミーナちゃんに褒められて良い気分になったことを覚えている。

それからしばらくは何事もなく過ぎていった。

けれどある日――事件は起こった。

あの時のことは、正直思い出したくない。

今でもトラウマとして残っているからだ。

結果だけ言うとするならば。

ミーナちゃんは死に、私は連れ去られそうになり、父さん達は事件の関係者を皆殺しにしたせいで、街を出ていかなければならなくなった。

見ず知らずの男達に縛られ誘拐されそうになった時の恐ろしさと寂しさ。

動かなくなったミーナちゃんを見せられた時の涙。

戦闘が起こった後の、血なまぐさい匂い。

街を逃げ出す時に感じた強い後悔。

目を閉じればそれら全てを、鮮明に思い出すことができる。

だから私はもう、父さん達以外の誰に頼るつもりもなかった。

私の秘密を、教えるわけにはいかない。

それをすればまた、後悔するに決まっている。

私はもう、間違えない。

そう、思っていたのに……。

私のせいでまた、襲撃された。

そして今回、父さん達は間に合わなかった。

ここがどこなのかもわからなければ、どうすればいいのかもわからない。

けれどなぜだか、前のような寂しさや恐ろしさを感じることはなかった。

なぜか。

決まっている――私の隣に、クーンがいてくれるからだ。

クーンとは、ずっと戦ってきた。

私は正直、彼のことがあまり好きではなかった。

でも一歩引いて見ることが多かったからこそわかる。

クーンは私にとってライバルで、目標で……だからこそ私は、彼の強さをよく理解している。

私だって戦うための実力は身に付けてきたはずだった。

けれど実際に親元を離れて戦うとなると、身体はすくんでまったくと言っていいほどに動かなかった。

けれどクーンは違った。

彼は何をすればいいかわからない私のことを、助けてくれた。

両親以外にこれほど頼りになる人は、彼が初めてだった。

私は役立たずだ。

迷惑をかけているくせに何もできない駄目な人間だ。

だから私には、ただクーンに謝ることしかできなかった。

自分で自分が情けなくて仕方なかった。

「謝る必要なんか、ないさ。アリサも、カムイ達も……何も悪くないじゃないか」

そんなわけ、ないのに。

クーンも一緒に連れ去られてしまったのは、間違いなく私が原因で。

それなのに彼はなんでもないと、平気な顔をしながら言ってくれる。

クーンだって、寂しくないはずがないのに。

「う……うえええええええんっっ!!」

「……もう、しょうがないな」

気付けば私は、泣きじゃくってしまっていた。

不安に押しつぶされそうになっていた私のことを、クーンはギュッと抱きしめてくれた。

それだけでまるで魔法みたいに、不安な気持ちが溶けて消えていく。

クーンに頼ってばかりいてはダメだ。

私も彼を助けることができるようにならなくちゃいけない。

そう強く思った。

気付けば身体の震えは消えていた。

間違いなくこれは私にとって、二度目の産声だったのだと思う。

もうクーンの足手まといにはならない。

私は……いや、私達は、父さん達のところへ帰るのだ。

二人で、力を合わせて。

私は彼が困っている時に頼ってくれるくらいに強くなろうと、そう誓った。

もちろん、戦闘能力だけじゃなくて、心の強さも必要だ。

そして強くなることができたならその時は、クーンに今まで受けた恩を返すのだ。

彼に感じていたわだかまりは、気付けば完全に消えていた――。

◆　◆　◆

俺達に今最も必要なのは、間違いなく情報だった。

何せ今どこにいてどうすれば帰れるのか、まったく見当がついていない状態なのだ。

幸い言葉は通じるようだけど、俺達を捕まえた警備兵達の話を聞いていた感じ、指名手配されている可能性もありそうな感じがするが、どこに逃げればいいのかもわからないのでお話にならない。

なので俺はリスクを取って、街の中へ潜入することにした。

幸い、今回の襲撃者達が狙っているのはアリサだ。

俺が入る分にはそれだけリスクも少ないだろう。

「クーン、もしよければこれを使って」

出発しようとする俺にアリサがくれたのは、眼鏡《めがね》だった。

かけると髪色を弄《いじ》ることができる魔道具らしい。

なるほど……こんなものが生産できるとなれば、文字通り世界が変わるだろう。

アリサが狙われるのも頷ける話かもしれない。

今回は情報収集が目的なので、壁を弄るのではなく正門から中に入ることにした。

ギルドカードを取り出して見せると、衛兵が眉間にしわを寄せる。

そして俺は驚愕の事実を知ることになる。

「お前……ドーヴァー大陸の方から来たのか？」

「え？　……ええ、武者修行のために来ました」

「なるほど……向こうのギルドカードはこっちじゃ使えないぞ。普通に入場料を払ってから、ギルドで作り直すように」

「りょ、了解しました……」

どうやらここは――俺達が暮らしていたドーヴァー大陸ではなく。

以前カムイから話だけは聞いていた、ラカント大陸らしい……。

俺達が飛ばされたこの場所は、ラカント大陸のうちの巨大国家であるゴルブル帝国の北部にあるファスティアという街らしい。

ラカント大陸はドーヴァー大陸の北にある。

そして両者の間には海があるため、大陸間の移動は船で行う必要がある。

ちなみにドーヴァーでは北海と呼んでいたが、ラカントからすると南にある海なので南海と呼ぶらしい。ちょっとややこしいな。

とにかく、俺達が領都ベグラティアに帰るためにはとにかく南へ進んでいき、最終的には北海を行き来する船とわたりをつけなければならない。

どれくらいかかるかは見当もつかないが、かなり長い旅路になるのは間違いなさそうだ。

幸いなことに、街の衛兵や冒険者達の様子を確認したが、アリサを探しているような様子は見受けられなかった。

どうやらアリサの情報は一部の人間だけが握っているもののようで、街を大手を振って歩けないような状況ではないようだ。

もしかするとあの倉庫の前にいた男達も警備兵じゃなくて、マフィアの構成員とかだったのかもしれない。

この様子なら、髪色を変える魔道具を使えば、アリサも問題なく街に入ることができそうだ。偽名《ぎめい》や設定なんかをしっかり考えて、上手いことやらなくちゃいけない必要はあるだろうけど。

まずはギルドカードを作ろうとギルドへ向かうことにした。

歩いているとわかるが、ラカント大陸では男も女もドーヴァー大陸と比べるといくらか大柄な人達が多い。

前世で留学に行った時には海の向こうの人達のガタイが良すぎて自分が小人にでもなった気がしたけれど、正にあんな感じだ。

俺もアリサも海の向こうでの標準サイズなので、こっちではかなり小さいだろう。

このサイズの違いは、一体どこにあるんだろう。

こっちの方が肉食が盛《さか》んだったりするのかな……。

なんて考えているとギルドについた。

ドアを開くと、いきなり目の前にいる男達がガンを飛ばし合っている。

禿頭《とくとう》の男と顔に大きな傷跡の残っている男だ。

「おいてめぇ、舐《な》めてんのか？」

「おおいいぜ、買ってやるよその喧嘩《けんか》」

二人は俺が入って来たのにも気付かずに、いきなり殴り合いの喧嘩を始めた。

基本的にギルド内の喧嘩は御法度《ごはっと》だ。

今にも警備の人間が飛んでくると思ったが……周りの冒険者達の喧噪《けんそう》が大きくなっても、一向に誰かが来る気配がない。

どうやらここの冒険者ギルドは、俺が見てきたところと比べると色々とおおらかなようだ。

ただ一応最低限のルールくらいはあるらしく、二人は得物は使わずに殴り合いに徹《てっ》していた。

その速度はかなり速い。

目で追えないほどではないが、前衛のCランク冒険者クラスの力はありそうだ。

「おおおおおおっっ!!」

「があああああっっ!!」

男と男の殴り合いだ。

ジッと見つめるが、魔法が発動されている様子はない。

だがその速度は明らかに純粋な身体能力で出せるそれを超えていた。

ということは……もしかしなくても、これが気力だろう。

カムイが言っていた。

ラカント大陸の人間はそもそも魔力を持たないが、彼らには己の肉体を賦活《ふかつ》し強化する気力の扱いに長《た》けていると。

身体強化の魔法の才能がない俺が、大陸を越えてラカントへ渡ってでもほしいと思っていた気力操作。

喉から手が出るほどほしかったそれを、俺は今目の前で見ることができている。

はやし立てる周りに負けぬほどに食い入りながら戦闘を観察していると、喧嘩はバトルド◯ムばりに『超！　エキサイティング！』していく。

禿げ頭をゴールにシュウウウウウウウウッしたことで勝負が決着し、見事傷顔が勝利した。

わあああああっっと沸き立つオーディエンス。

傷顔がニカッと笑うと声は一層大きくなる。

今の戦闘を反芻《はんすう》してから、騒いでいる男達の脇を抜けていく。

(気力を使う方法……なんとしてでも知りたいところだ)

通常、気力と魔力はどちらかしか使うことができない。

その理由は魂という器が、一つの力を身に付けるだけで満たされてしまうからだ、とカムイは言っていた。

その話を聞いて、一つ思った……というかもしかしたらと考えていたことがある。

もしかするとクーン・フォン・ベルゼアートと神宮寺悠斗《じんぐうじゆうと》という二つの魂を持っている俺って……気力と魔力をどちらも使うことができるんじゃないか？

もちろん、そんなことはないのかもしれない。

ただせっかくラカントに来たのだから、気力操作が使えるかどうかくらいは試《ため》してみたいところだ。

俺は冒険者登録を済ませ、ついでに情報収集をしてからアリサの下へと戻るのだった。


アリサのところへやってくると、彼女は洞穴の中でコップに手をかざしていた。

その動きはさながらハンドパワーを送るミスターマ◯ックのようだが、その顔つきは真剣そのもの。

なるべく邪魔をしないよう、足音を殺しながら中に入った。

その後もアリサはコップをジッと見つめながら、手をかざし続ける。

額《ひたい》には汗を掻《か》いていて、俺が帰ってきたことにも気付いていないほどに集中している。

恐らくだが、付与魔法を使っている真《ま》っ最中《さいちゅう》なのだろう。

初めて見るが、傍《はた》から眺めていると魔法を使っているようには見えないな。

それからしばらく経《た》つと、アリサがふうっと息を吐《つ》く。

そこでようやく、俺に気付いた。

「あらクーン、お帰りなさい」

「ああ、ただいま。魔具を作ってたのか？」

「うん、一応完成したわ」

手渡されたそれに、魔力を流してみる。

するとコップの中から水が溢《あふ》れてきた。

魔力を流すと水の出るコップ……砂漠地帯なんかに行った時には重宝しそうだ。

十分すごいと思うんだが、アリサはどうも魔具の出来に納得していないらしい。

彼女からすると、まだまだ改善の余地があるらしい。

彼女に付与魔法のレクチャーを受けてから、俺は街で集めてきた情報について話をする。

「とりあえず、別の街に向かった方がいいと思うんだ。この髪色を変える魔道具って、もう一つあったりする？」

「ううん。母さんが実家から持ってきたやつだから、一つしかないの」

どうやらかなりの貴重品らしい。

それなら普段はアリサに使ってもらうことにしよう。

「安心してクーン。しばらくしたら、私がこれよりもっとすごいものを作ってみせるわ！」

アリサの方は、あの号泣で完全に吹っ切れたらしい。

付与魔法のことも隠す必要がなくなったおかげか、以前にも増して元気なように思える。

この調子なら旅も、問題なく進められるだろう。

「明日朝一で一緒に連携の確認をしましょ？」

「たしかに、やっておいた方がいいね。今日は全部俺が戦ったわけだし」

「う、うるさいわね！　でもそれに関してはありがと！」

叱りながら感謝されてしまった。

なんにせよアリサが元気になってくれて何よりですよ。


次の日、アリサと森で連携の確認をすることにした。

「あっちに魔物がいる。多分オウルベアーの番《つがい》だね」

「相手にとって不足なしね。いつもの通りでいきましょ！」

接敵すると、予想通りそこにはオウルベアーの姿があった。

白い毛皮を持つ、巨大な熊《くま》だ。

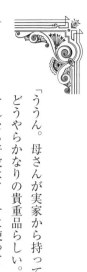

強靱《きょうじん》な肉体を持っていて、討伐《とうばつ》ランクはＣ。

アリサが言う通り、実戦相手としては不足なしと言ったところだ。

彼女が前に駆けると同時、俺は無詠唱魔法を使って二つの炎弾を放つ。

アリサが前に出るよりも早く着弾。

「「ギャアアアオッッ!!」」

そしてそこには二体の黒焦げ死体ができあがった。

ファイアボール発動、相手は死ぬ。

「ちょっと、これじゃあ練習にならないわよ！」

「ごめんごめん」

俺は元の魔力量が多い分、威力の調節をするのがあまり得意ではない。

それなら今回は補助に徹することにしよう。

風で索敵《さくてき》を行い、再びオウルベアーを発見。

今度は単独行動をしている個体だ。

口元には赤黒い血痕がついているので、食事を終えたばかりなのかもしれない。

「今度は頼むわよっ！」

アリサが駆けていく。

彼女の動きを確認するためにも、今回は後ろから補助に徹することにする。

「グラアアアアッッ!!」

オウルベアーがアリサに飛びかかろうとした瞬間、その足下をわずかに陥没させる。

飛びかかるために後ろ足に力を込めていたオウルベアーはそのままつんのめる。

そしてその好機を見逃さず、アリサが剣を振った。

高速で放たれた斬撃が、オウルベアーの足の腱《けん》を裂いてみせる。

ぶちりと嫌な音を立てた足はまともに動かなくなり、そうなってしまえば後はアリサの独壇場だった。

「ふふん、こんなものね」

昨日は全体的に精彩《せいさい》を欠《か》いていたけれど、訓練通りの実力が出せるのなら、アリサは強い。

その後も補助をしたり、時に攻撃魔法で敵を倒したりしながら、問題なく動けるかを確認していく。

俺もアリサも、明らかに攻撃力が過剰だった。

別に俺も接近戦はできるし、アリサも魔法は使える。

明確な弱点もなくバランス良く戦えることもあり、ここら辺の魔物なら束になってかかってきても苦戦することなく蹴散らすことができた。

連携の確認がてら戦いを繰り返し十分な食料を確保してから、小休憩を取ることにする。

その間に、ブリーフィングをすることにした。

「とりあえず街道を通りながら、街には行こうと思ってるんだ。気力操作ができる人から、可能ならコツだけでも教えてもらいたいから」

「クーンがしたいようにすると良いわ、私にできることはある？」

「うーん、別にないかなぁ」

なんだか昨日から、アリサの態度が妙に優しい。

今までがツンツンしすぎていたせいで、なんだかギャップがすごい。

普通に話をしていても、時々笑顔を見せてくれるようになった。

あまりにも見慣れていないその表情には、思わず胸が高鳴ってしまう。

こうして普通にしていると、アリサってかわいい子だよな……。

「ん？　私の顔に何かついてる？」

「顔がついてるよ」

「そりゃついてるでしょ、顔なんだから」

顔という概念《がいねん》について哲学的な思考を巡《めぐ》らせそうになるのをグッと堪《こら》えながら、これからの作戦について話し合う。

これからは街道を使い、南にある街に向かう。

次の街はさほど遠くないらしいので徒歩で向かい、そこで生活用品をドカッと買い込んでしまいたい。

あとは今後のことも考えてアリサのギルドカードも作りたいな。

本当なら街を無視してひたすら南下してもいいんだけど……せっかくラカント大陸まで来たんだから、なんとかして気力操作のコツの一つでも教えてもらいたい。

アリサに魔道具で上手いこと変装してもらいながら、道場の一つにでも殴り込みをかけたいところだ。

ただまあ、気力の方はあまり焦《あせ》らずに行こうと思う。

どうも南端の海まで行くには、大分距離がありそうだからね。

こういう時に目的を増やしすぎると失敗するというのは、前世でよく学んでいる。

一つ一つ着実にやっていこう。


俺達が最初に囚《とら》われていたのは、ファスティアという街だ。

そして今やってきたのは、セカンダルムと呼ばれているところだ。

規模としてはファスティアより多少大きく、なんというか雑多で人の多い街だ。

ファスティアを東京というなら、セカンダルムは新宿といった感じだろうか。

もちろん、規模は現代日本とは比べものにならないけれど。

「私、冒険者登録するのって初めてなのよね」

ギルドへ向かうアリサの目は、キラキラと輝いていた。

ちなみに今の彼女は眼鏡をかけて、髪色を黒に変えている。

ラカント大陸では黒髪が多いので、そこに溶け込めるようにという配慮《はいりょ》からだ。

足取り軽くステップも踏んでいる彼女を見ると、本当に楽しみなのがよくわかる。

なんだかこちらまで、心が軽くなってくるような気分だ。

「ギルドに入ると大柄な冒険者のおじさんに絡まれて、そこを隠れた実力者である私がズバッと一刀両断するのよ」

「一刀両断しちゃダメだからね？　殴る蹴るはオッケーみたいだったけど」

アリサが想像しているような事態にはならず、登録は非常にスムーズに終わらせることができた。

当てが外れたアリサはつまらなそうにしていたが、俺が頭を撫でるとすぐに機嫌を直した。

ちょろいやつめ、愛《う》いではないか愛いではないか。

ちなみに俺もアリサも偽名を使うことにした。

別に本名じゃなくてもいいらしいからね。


冒険者ギルドで軽く素材を売り、この国の通貨を手に入れる。

銅貨、銀貨、金貨の十進法なのは変わらないけど、見ている感じ銀貨がしっかりとしていて、金貨は少し金の含有量が低そうだ。

聞けばこの国は銀の産出が盛んなので、基軸通貨は基本的に銀貨なのだという。

俺達が今いる国は、ラカント大陸のゴルブル帝国という場所らしい。

ラカント大陸は現在二つの大国に分かれていて、そこで覇権争いをしているんだと。

まあ俺達には関係のない話だろうから、情報収集はそこそこにして切り上げる。

さっそく手に入れた通貨を使い、昼飯を済ませる。

露店で少し多めにお代を払いながら、軽く世間話がてら俺がほしい気力についての情報を集めることにした。

そこでわかったことがいくつかある。

一つは、別にラカント大陸にいる人間だからといって全員が気力を扱えるわけではないということ。

気力使いは俺達のいたドーヴァー大陸における魔法使いのような感じで、ある種の尊敬される立場というか、特権階級にいるらしい。

そしてそれぞれの流派があり、互いに反目し合っていると。

なんだかどこかで聞いたような話だ。

このあたりの構造は、世界中どこにいても基本的にはあまり変わらないらしい。

ただ気力使いは、ほぼ全てが生粋《きっすい》の武人だ。

そのおかげで基本的に気力使い達は常に門下生を集めており、気力を使える人間の割合はかなり高いそうなので まだ目はある。

一つ問題点を挙げるとすれば、俺があまり目立つわけにはいかないということだろうか。

アリサのことをバレないようにする必要があるわけだが、実際に封魔の腕輪をつけられて拘束されていたことからもわかるように、ある程度上の立場の人間なら彼女についての触《ふ》れ書《が》きなんかに目を通している可能性がある。

なので俺が狙うのは俗世との関わりの薄い求道者や一匹狼、あるいは破門された気力の使い手だ。

そういう人間は都会を嫌い片田舎に住んでいることが多いらしいので、少し郊外に出たら調べていこうと思う。

ちなみにアリサは、俺が気力操作を覚えることに反対だった。

「そんなことしたら、身体が内側からはじけ飛んじゃうわ！」

カムイからの薫陶《くんとう》を受けている彼女からすれば、なぜ俺がここまで頑《かたく》なに気力を使えるようになりたいのかがわからないのだろう。

なので転生のことはぼかしつつ、俺は自身が魔力と気力の両方を使える可能性があることを告げることにした。

すると彼女は「そんなのズルい！」と言いながらも、それ以上文句を口にすることはなくなった。

「クーンのこと、信じてるもの！」

最近、アリサの俺への信頼が篤《あつ》い。

それになんだかすごく寄り添ってくれている気がする。

以前のようにキツい態度を取られないと彼女が普通の女の子に見えてきて……ちょっと困る。

俺は女の子への免疫《めんえき》があまりないので、「あれ、こいつ俺のこと好きなんじゃ……？」とか思っちゃいそうになるのだ。

これでは話しかけられただけで惚《ほ》れるヲタククんを笑えない。

なんにせよセカンダルムで取れそうな情報は大方集められたといっていい。

次の街へ向かうことにしよう。


乗合馬車を利用することも考えたが、俺達の場合とにかく人目につくと面倒なことが多すぎる。

長時間の歩行も別にそこまで問題にならないため、徒歩で進んでいくことにした。

道中も適度に魔物の相手をしながら、お互いできることをやっていく。

俺は気力使いの男達が殴り合っていたあの光景を思い出しながら、どうやったら気力を練ることができるようになるかイメージしていく。

俺がイメトレをしている間、アリサは身体強化の無詠唱発動を練習している。

この国には魔法使いの数がかなり少ない。

魔法が使えるということがバレても一発アウトというわけではないけれど、まあまあマズい。

今は身体強化と小声で口にする詠唱破棄《はき》を使っているけど、人の目というのはどこにあるかわからない。

なので彼女も気力を使って戦っている風に見せかけるため、無詠唱の練習をしているのだ。

ちなみに三つ目の街に着くまでに、彼女は簡単な初級魔法なら無詠唱で使うことができるようになっていた。

俺の成果の方は……ノーコメントで。

三つ目の街、ファーレンゲンは郊外にある都市だ。

農業が盛んで、豊かな穀倉《こくそう》地帯を内包している。

俺達が通ったセカンダルムに大規模に麦を販売しており、帝国の食糧供給を一手に担《にな》っているらしい。

主要産業が農業だからかセカンダルムほどごちゃごちゃしている感じはせず、全体的に牧歌《ぼっか》的《てき》な空気が流れている。

おかげでゆっくりと街の中を観察できるだけの心のゆとりができた。

「ゴルブル帝国って、なんていうか……全体的に大変そうよね」

「言わんとしていることはわかるよ」

こうしてゆっくりと帝国内の街を見て回るのは初めてだけど、それでも色々とわかることがある。

まずゴルブル帝国は、全体的に物価が高い。

肉の値段はラーク王国の１・５倍ほど。

パンに至っては明らかに雑穀《ざっこく》を混ぜているカチカチのパンが、領都の二倍以上の値段で売られている。

それなら冒険者ギルドの依頼の報酬も多いのかと思いきや、そちらは逆。

ゴブリン一匹の討伐の報酬は、およそ王国の七割ほどしかない。

そんな状況では生活が王国より大変なのも自明の理。

帝国の人達の暮らしぶりは王国よりも明らかに質素だった。

ちなみに魔物の強さはどうなのかというと、こちらの方が全然強い。

あちらのゴブリンは棍棒があれば素人でも倒せるけれど、帝国領のゴブリンは素人が剣を振り回してようやく勝てるかどうかといった感じだ。

質素な暮らしぶりを余儀《よぎ》なくされるのに、出てくる魔物は強力。

傍から見ていると、この国の人達はかなり割を食っているように思える。

けれどこの国の人達は、この環境に見事に適応している。

彼らは粗食なのに、全体的に身体が強くて頑丈なのだ。

帝国のパンは、俺もアリサもぶっちゃけスープに浸《ひた》さないと食えないぐらいに堅いのだが、この国の人達はわりとお年を召したおばあちゃんでも、顎《あご》の力で普通に食いちぎっている。

兵士や冒険者達も大柄な人達が多い。

そして気力は身体強化の魔法と同様肉体を乗算で強くするため、元の肉体が強い彼らはめちゃくちゃ強くなる。

全体的に朴訥《ぼくとつ》で硬派だが、尚武《しょうぶ》の気風が強く肉体が頑健《がんけん》。

それが俺がこの国の人達に抱いた感想である。

「とりあえず宿でも探そうか」

ファーレンゲンに旅の人間がやってくることは少ないらしく、宿の数自体が片手で数えられるほどしかなかった。

問題なく宿を取ったら、情報収集のために外に出る。

「行こっ」

「うん」

アリサに差し出された手を、ギュッと握る。

俺達は基本的に、必ず行動を共にするように心がけていた。

何かあった時に後悔したくないからね。

まあ幸い、今のところ俺達を探しているような奴らやアリサを探しているような気配もまったくない。

そこまで気にする必要もないっちゃないんだけど、念のためってやつだ。

「いざという時にはこっちの土壁から抜け出せるわね」

最初に逃走経路の確認をしておくのにも慣れてきた。

なんでお尋ね者でもなんでもないのに、こんなことをしなくちゃならないんだろう。

俺達を襲ってきたあいつらへの怒りがふつふつと湧《わ》いてくる。

けれどその怒りを、手のひらから感じる熱が静めていった。

「夕飯を食べたら今日は早めに寝よっか」

「そうね、ちょっと疲れたし！」

宿に戻ってから、併設《へいせつ》されている飯処《めしどころ》で食事を済ませる。

基本的に帝国の飯屋は、どこも出す料理が大して変わらない。

なので下手に店を探さず宿屋で済ませるのが楽なのだ。

相変わらず高めのパンを、ドロドロのスープと一緒に食べる。

この国の人達は大柄な分大食らいなので、足りない分は比較的安いふかし芋を食べて腹を満たす。

帝国の食事様式にもずいぶんと慣れてきた。

こんなんで飽《あ》きないのかとも思うが、実際ここら辺の人も飽きているようで、酒を一緒に飲んでなんとか誤魔化しているようだ。

ウォッカのような度数の高い蒸留酒があるみたいだけど、まだ飲んだことはない。

食事をもそもそと頰張《ほおば》り、ふかし芋を口の中の水分が全部なくなるまで食べる。

トイレに行ってくるというアリサを部屋で待っていると、彼女が帰ってくる。

その手には、そこら辺で酔い潰れているおっちゃん達がよく持っているスキットルが握られていた。

「ちょ……お酒買ってきたの⁉」

「私達成人してるんだし、別にいいじゃない」

「良くないって！」

未成年による飲酒の悪影響をこんこんと諭《さと》していると、無事全ての説明をスルーされる。

土魔法で作ったカップになみなみと注《そそ》がれる酒。ぱっと見でも３５０ｍｌより多そうだ。

「……いや、蒸留酒ってこういう飲み方するもんじゃないからね⁉」

「今は口うるさいお父さんもいないし。私、お酒って一度飲んでみたかったのよね」

「あんまり美味しいもんじゃないと思うけど……」

「クーンは飲んだことあるの？」

「まあ……人並みに？」

「じゃあ私だけ飲んでないのは不公平よね！」

謎理論を展開しながら、気合いでごり押そうとするアリサ。

俺が飲んでたのは前世の頃の話で、転生してからは一度も飲んだことないんだけどな……。

こういう時の彼女は何を言っても話を聞いてくれないのはよくわかっているため、俺は白旗を揚げることにした。

「二日酔いって光魔法の解毒で治せるらしいから、そんなに心配する必要もないと思うわよ」

「え、そうなんだ？」

言われてみれば、カムイはほぼ毎日と言っていいほどに晩酌をしていたけれど、彼が二日酔いになっている姿は見たことがない。

なるほど、たしかに治せるならちょっとくらい飲んでもいいかもしれない。

アリサがぐいっとカップを傾ける。

そして……口に含んだ酒を、全て俺の方に吐き出した。

「ぶ――――――っっ‼」

「あんぎゃあああああああっっ!!」

正面から毒霧攻撃を食らった俺は、ゴロゴロと転がりながら必死になって回復魔法を使う。

半泣きになりながら立ち上がると、アリサは露骨《ろこつ》に顔をしかめていた。

口の中がピリピリするようで、赤く小さな舌をべーっと出している。

「なんかツンとするし、苦いしマズい……これは人間が飲むものじゃないわね……」

「蒸留酒ってそういうものだよ。水みたくぐびぐび飲むものじゃないんだから」

「そうなの？　詳しいのね」

サークルの新歓で飲まされたことがあったからね、などとホントのことを言っても理解されないだろうから、曖昧《あいまい》な感じで誤魔化す。

とりあえず土魔法で新たなカップを作り出し、その中に氷を入れる。

その中に蒸留酒をちびりと入れてから渡した。

「こんな感じで、氷と一緒に入れて薄めながらちびちび飲むものなんだよ」

「そうなの？　でも前に食堂で見た時は、おじさん達グビグビ飲んでたじゃない」

「彼らは特殊な訓練を受けています、参考にしてはいけません」

二人でちびちびと酒を傾ける。

たしかにアリサが言うとおり、ツンとしているだけの高純度のアルコールだ。

こういうの、ウォッカっていうんだっけ？

原液で飲んだらすぐにぶっ倒れそうだったので、水を足して水割りにしてゆっくりと飲んでいく。

「お酒飲むのなんか、久しぶりだな……」

「味は全然美味しくないのね……お父さん美味しそうに飲んでたのに」

「年を重ねると、美味しく感じられるみたいだよ」

子供の舌は敏感だけど、大人になるにつれて舌の細胞が死んでいくって話を聞いたことがある。

大人が酒を始めとした苦いものを美味そうに口に入れるのは、ある種の鈍化《どんか》だ。

子供の頃に見ると、なんか大人だなって思うけど、真実はそんなもんだったりする。

「ふぅ……でもなんか、ちょっとふわふわするかも？」

初めて飲む酒がウォッカというなかなかハードな飲酒体験をするアリサは、ペース配分を知らずに結構なハイペースで飲んでいるため、既にかなりへべれけな状態だった。

「急に熱くなってきたわ！」

「ちょ、ちょっと、いきなり脱ぎ出さないでよ！」

酔っ払った彼女が突然ストリップ（男気に溢れすぎているため色気はまったくなし）を始めたり、猫なで声ですり寄ってきたり、かと思えばいきなり騒ぎ出したりと、酔っ払ったアリサの世話をするのはそれはそれは大変だった。

今日あったことは、彼女の名誉のためにも俺の心の中だけに秘めておこうと思う。

もう二度とアリサに酒は飲ませないようにしよう。

そんな風に思っているうちに、俺もアルコールに負けて眠りに就《つ》くのだった――。


次の日、起きると俺達が寝入るのを待っていた黒の組織に拘束されたり、薬を飲まされて子供になったり……するようなことはなく、普通に起きた。

「真実はいつも一つ！」

「ちょっと、大きな声出さないでよ……頭にガンガン響くわ……」

猛烈な二日酔いを回復魔法を使ってしっかりと治してから、情報を集めることにした。

俺が探すのは、俗世と関わりの薄そうな武人である。

すると聞き込みをしているうちに、とある人物の話を耳にした。

なんでもその人は高名な道場を破門されてからというもの俗世から離れ、わずかな弟子達と共に晴耕雨読《せいこううどく》の生活をしているのだという。

正しく俺が探していた理想の人材ドンピシャだ。

俺は早速その人物――ヴィクトールさんの下へと出向くことにした。


「いいですかアリサさん、優《すぐ》れた人物に対しては敬意を持って接しなくてはなりません。礼を失した行いをしてはいけませんよ」

「どうしてそんな急に丁寧《ていねい》なのよ⁉　ちょっと怖いんだけど⁉」

おしゃべり好きなパン屋のおばさんから教えてもらった場所は、なんとも質素な草庵《そうあん》だった。

いかにも権力欲と無縁そうなところだ。

超然とした仙人みたいなおじいさんが住んでそうな光景である。

とりあえずドアをノックする。

すると返事はなかった。どうやら留守のようだ。

辺りを見回してみても、弟子の一人もいない。

というか晴耕雨読って聞いてたんだけど、草庵の近くにある畑はめっちゃ荒れていた。

……ここって最近まで梅雨《つゆ》だったりした？

「残念ながら今日は不在なようですね、また明日再度やってくることにしましょう」

「わ、わかったわ……」

ちょっぴり不安になりながら、俺は草庵を後にした。

次の日。

草庵にやってきた俺は再びノックをする。

けれど誰かが出てくる気配はない。

当然ながら畑の方にも人はおらず、それどころか人の気配すら感じられなかった。

「中に入ってみた方がいいんじゃない？」

「これから教えを請《こ》う相手に対して、そんな態度ではいけません。慇懃《いんぎん》な態度を崩してはならないのです」

そして更に次の日、草庵訪問三日目。

再び人の気配を感じられなくなったところで、俺は流石《さすが》におかしいと思い始めた。

数人はいるはずの弟子もいないし、もしかするとなんらかの理由で転居でもしたのかもしれない。

勇気を持ってドアを開き、家の中へと入っていく。

すると奥にある居間には……。

「残念ながら、今の僕に払うお金はびた一文ありません。ボコボコにされたくなければ、今すぐ出て行ってください」

居留守を使っているくせに実力行使をちらつかせてくる、情けないおっさんの姿があったのだった――。


そのおっさんは正しく隠者といった風体だった。

ボロボロにすり切れているようにしか見えない灰色のローブを羽織《はお》り、ひげもぼうぼうと生《お》い茂《しげ》っている。

細い目に、雑に右に流した前髪。

あぐらを掻きながらこちらを見つめるその様子は、なんだかとてもうさんくさい。

こちらを脅《おど》しているというのにその表情はいやに飄々《ひょうひょう》としている。

俺達程度どうとでもなると思っているのかもしれない。

「失礼ですが、ヴィクトールさんでお間違いないでしょうか？」

「いかにも、僕がヴィクトールですが」

「別に僕達はヴィクトールさんに金の無心をしにきたわけではないのですが……」

「……へ？　借金の取り立てではないのですか？」

ぽかんと口を開くヴィクトールさん。

借金してんのかよ、この人……。

なんだか俺の中の師事したいメーターがぐんぐんと下がっていく。

「ねぇ、本当にこの人で大丈夫なの？」

「大丈夫……なはずだ」

俺の隠者へ抱くイメージがガラガラと音を立てて崩れているが、それでも彼が弟子を持つ一《ひと》角《かど》の武人であることは間違いないのだから。

「お弟子さん達はいらっしゃらないのですか？」

「金の無心をしたら出ていかれました」

「ねえクーン、別の人にしましょうよ！　こんなダメなおっさんから学べるものなんて何もないわ！」

弟子の姿が見えないからおかしいと思っていたら、まさかの愛想を尽かされていたパターンだった。

アリサの言うこともっともかもしれない。

この人はかなりのダメ男だろう。

この分では強さも、あまり期待は……いや、彼はこのファーレンゲンでもかなり有名な武人なのは間違いないようだ。

それにこれを逃せば、俺が気力を学ぶ機会はもう来ないかもしれない。

「俺に気力の扱い方を教えてほしいのですが」

「借金を立て替えてくれるなら、喜んで教えましょう」

にっこりと良い笑顔をするヴィクトールさん。

そのうさんくさい笑みに不安をまた少し募《つの》らせながら、俺は彼に弟子入りをするのだった。


聞いてみると、借金の額はおよそ金貨二十枚ほど。

今の俺からすると、別に支払えないほどの額ではない。

特に深い理由もなくちょろちょろと少額を借りているうちに、気付けば借金がみるみる膨らんでいたらしい。

そしてその金利は、ウシジ○君が裸足で逃げ出すほど高かった。

複利の恐ろしさというやつだ。

手持ちの金で支払いを済ませると、そのまま草庵へと戻ってくる。

ちなみに道中アリサは明らかに不満げな様子だったが、俺に一度も文句を口にすることはなかった。

思うことがあってもすぐに言葉にしなくなったみたいだ。成長したわね、あなた……。

「いやぁ、助かりましたよクーン君。借金取りから逃げ続けるのもいい加減キツくなり始めてきましたからねぇ」

たははと力なく笑うその様子はくたびれた中年そのもの。

やはりどうにもうさんくさい印象は拭《ぬぐ》えないのだが……この人は間違いなく強い。

出会った時から立ち振る舞いは隙だらけなのだが、どうにも勝てるビジョンが見えないのだ。

カムイを前にした時とは違いプレッシャーを感じたりはしないのだが、間違いなく強者が身に付けている独特の雰囲気を、彼も持っている。

恐らく今この場で俺とアリサが二人がかりでかかっても、一太刀浴びせるのは難しいだろう。

「教えてもらう前に、一つお願いがあるのですが」

「金主の意向は最大限尊重致します、なんでしょうか？」

「金主て……僕らから得られた情報は、誰にも流さないでいただきたい」

「クーン君とアリサさんのことは他言しないと、武神に誓いましょう。訳ありの弟子を受け入れることもありますからね、その辺りの機密保持の重要性はよくわかっています」

借金を減額してもらえるとか言われたらあっさりと靡《なび》きそうな気もするが、その辺りは気にしてもしょうがない。

ていうかこの人くらい実力があるなら適当に魔物でも狩れば暮らしていけると思うんだけど、なんでそうしないいんだろう。

「さて、それでは始めましょうか……ちなみに言っておきますが、アリサさんはやめておいた方がいいですね。恐らくどれほど学んでも、気力を扱うことはできないでしょう」

「――っ⁉　そんなことまでわかるんですか？」

「気力とはすなわち人間の根源にある生命力のことを指します。気力を極めれば、他人の肉体の状態なんかも把握できるようになりますからね」

俺は気力のなんたるかをまったく知らないので、基礎の基礎から教えてもらうことにした。

ただ一点気になることがあったので、講義を始めてもらう前に一つ質問をさせてもらう。

「ヴィクトールさん、僕は気力を使えるようになると思いますか？」

「――ええ、問題なく使えるでしょう。どこまで伸びるかは、やってみないとわかりませんがね」

俺の予想は当たっていた。

前世と今世の二つの記憶を持つ俺は、どうやら気力と魔力を同時に扱うことができるらしい――。


俺達は畑の脇にある修練場にやってきた。

やる気になってステップを踏みながらヴィクトールさんの後ろについていく俺の隣には、少し心配げな様子のアリサの姿があった。

修練場の中は、俺が知っている道場にかなり近い。

い草のようなものを使われた畳のようなものまであり、俺としてはなんだか懐《なつ》かしい気持ちになってくる。

もしかすると気力使いの中に、前世の記憶のある人でもいたのかもしれないな。

「ええと……何から話したものですかね」

ヴィクトールさんいわく、魔力と気力は同じ生命エネルギーでも、似て非なるものらしい。

魔力は魔臓《まぞう》から生み出される元々人間になかったものを扱うことができるようになった新種のエネルギーであり、気力とは元から肉体に宿っている始原のエネルギーなのだと彼は言う。

身体をパソコンとすれば気力は元からついている内蔵ＨＤＤで、魔力が外付けＨＤＤのような感じと言えばわかりやすいかもしれない。

「人間は元々魔力を持っていなかったと？」

「その通り。元々、人には魔力を扱う術《すべ》はありませんでした。ただ大気中にある魔力を吸いこんでいく中で、魔力を貯蔵できる魔臓ができていったようですね」

人は古来己の生命エネルギーを利用してきた。

故《ゆえ》に気力の方が魔力よりその歴史は古く、技術も体系化されているらしい。

「気力に目覚めるための方法は、大きく分けて二つあります。安全だが開眼までに長い期間がかかる方法と、危険だが短期間で目覚める方法です。僕としては前者を強くオススメしますね。あまり脅すつもりはないのですが、僕は後者を選び死んだ人間を何人も見てきましたから……」

俺はあまり一つの場所に長居するつもりはない。

気力を覚えたいというのも本心だが、一番大切なのはラーク王国へ戻ることだからだ。

気力は最低限使い物になればそれでいい。

後は気力使いとステゴロの喧嘩でもして、実戦で鍛《きた》え上《あ》げるつもりだ。

俺が選ぶのは、当然後者だ。

「危険な方でお願いします。俺は一刻も早く強くならなくちゃいけないんです」

それを告げるとヴィクトールさんがはぁ……と大きくため息を吐く。

「だと思っていましたよ……若者はすぐ生き急ごうとする。僕は命の危険を伴《ともな》う修行をする際には、必ずこれを聞くことにしています。故にあなたに問いましょう、クーン君。――君はなぜ、強くなりたいのですか？」

強くなりたい理由？

――そんなの、決まっている。

この世界では、死がありふれている。

だから強くなれなければ、何も守れない。

「今はただ、彼女を――アリサを守るために強くなりたいです」

俺がこの世界でようやく見つけた、命にかえても守りたいと思える家族。

彼女を守るためにならば、どんなことだってできる覚悟がある。

できればカムイやメル達もしっかりと守りたいが……それはまだまだ先の話だろう。

俺の言葉を聞いたヴィクトールさんは、こくりと頷く。

浮かんでいる柔和《にゅうわ》な笑みを見れば、自分の答えが間違っていないらしいことはすぐにわかった。

「――いいでしょう、ではこれから気力の修行に入ります」

ヴィクトールさんは声を張ったかと思うと、笑みを消して真顔になった。

細い目が見開かれ、鋭い瞳がこちらを射貫《いぬ》く。

彼は黙ったまま、ゆっくりと目を瞑《つむ》った。

するとその瞬間、彼から感じるプレッシャーが一段と強くなる。

カムイで慣れていなければ、今すぐに後ろに下がって逃げる体勢を整えていただろう。

ヴィクトールさんはゆっくりと両腕を上げると、それを胸の前でクロスさせる。

「気力とは原始の頃より人間にあるエネルギーです。故にこれを使えるようにするためには、人体に直接語りかけるのが都合がいい。前者の場合はそれを、己との対話を通じて行います。日々瞑想をして集中力を高め、自然界の中に身を置き感覚を研《と》ぎ澄《す》ましていき、自身に眠る気力を呼び起こす……これに必要な時は、気力を使える者であればおよそ一年から二年ほどと言われています」

彼がわずかに腕を動かす度に、その存在感が増していく。

最初に感じていたのは圧倒的な強者への恐怖だったが、今は別の感情が胸の中を満たしていた。

絶対的な強者に対する尊崇《そんすう》。

ひょっとすると彼の強さは――俺が想像していたよりも、ずっと上の次元なのかもしれない。

「そして後者の場合、それを他人の気力を使うことで強引に行います。他人の気をその身に受けて己の気と感応させることによって、己のうちに眠るエネルギーを強引に目覚めさせるわけですね」

そして彼はゆっくりと、右の拳《こぶし》を前に突き出した。

音を置き去りにする拳。

拳と腕が通り過ぎた一拍後に風切り音が生まれる。

前髪が拳圧でふわりと上がる。

「僕がかつて師範代だった猿神流《えんしんりゅう》では、『気合わせ』と呼ばれていた修練法です。一応気力を伸ばすためにも使えるのですが、いかんせんリスクが高すぎるし乱暴すぎるので、僕はこれを修練法とは認めたくはないのですが……」

さて、と前置きをしてヴィクトールさんが続ける。

「それじゃあ早速始めましょうか。僕の拳を受け続けるうちに何かを摑めれば、一日と経たずに気力を使うことができるようになるはずですよ。安心してください、手加減はしますから」

そう口にするヴィクトールさんに、俺は小さく頷く。

そしてその音を置き去りにする一撃が――俺の腹を、強《したた》かに打ちつけた。

「――がはっ⁉」

腹に衝撃を感じたと思った時には、既に身体が草庵の壁に叩きつけられていた。

は、速すぎる……まったく見えなかった。

なんとか立ち上がるが、防御のためにクロスさせた腕は両方とも折れており、その上で腹のあたりの骨も折れていた。

手加減されてこれか……。

「けど……やられた甲斐《かい》はあった……ごほっ」

口から血の塊《かたまり》を吐き出しながらも、今の俺は笑っていた。

自分の身に起きたことを、一言で言い表すのは難しい。

ただそれに近い言葉を選ぶとするのなら……そう、世界が変わっていた。

全身から感じる、力強いエネルギーの拍動。

そして毛穴という毛穴から立ち上る、白色のオーラ。

初めて魔力を感じ取ることができた時と同じで、今まで感じ取れなかったことが不思議に思えるほどに自然に、気力が己の身体になじんでいるのを感じることができる。

「まさか一発で成功するとは……これは鍛え甲斐がありそうだ」

俺が変わったのがわかったのか、ヴィクトールさんが目を見開いている。

その様子を見ている限りでは、どうやら俺には気力の才能があるらしい。

全身から活力を感じる。

今にもその辺りを駆け回りたいと、身体がうずうずしているのがわかった。

身体強化の魔法を使うと全能感を覚えるというが、その感覚に近いのかもしれない。

気力には痛みを鈍化させる効果でもあるのか、先ほどまで感じていた痛みはいくらか鈍くなっていた。

ただ痛いものは痛いので、回復魔法を使って骨折を癒《い》やしていく。

痛みを感じていると集中力が削《そ》がれるので多少の時間はかかったが、十秒もしないうちに治癒を終わらせることができた。

「――なっ⁉」

魔法を見たヴィクトールさんが絶句している。

やはり彼をしても、気力と魔力の併用はよほど珍しいらしい。

「素晴らしい……では予定を前倒しにして、修行の第二段階に移りましょう」

そしてヴィクトールさんとの組み打ちが始まった。

俺は剣を使い、ヴィクトールさんは素手。

リーチでは俺に分があるはずなのだが、開いている実力の差の前ではそんなものは些細《ささい》な違いでしかなかった。

「猿神流の拳に、距離は関係ありません」

ヴィクトールさんが右ストレートを放つと、それに伴って拳型の衝撃波が発生する。

カムイが使う飛ぶ斬撃の拳版だ。

この世界の前衛は、普通に遠距離攻撃をしてくるから始末に負えない。

俺の攻撃は全て避けるかガードされ、あちらの攻撃は全てがクリティカルヒット。

さっきより手加減されているからか威力は抑《おさ》えめだが、回復魔法なしではすぐにダウンするであろう威力だ。

ただボコボコにされても、まったく不快ではない。

切れた唇の血を舐め取っている今の俺は、間違いなく笑みを浮かべていることだろう。

今まで身体強化持ちのカムイやアリサを相手にする時に、忸怩《じくじ》たる思いを抱えることは多かった。

腕の動きがもっと速くなれば。

あと二歩遠ざかることができれば。

自分がしたい動きと自分の実際の身体能力との間にあったギャップが埋まっている。

理想型には及《およ》ばずとも、俺の身体は今までにないほどに機敏に動いていた。

「シッ！」

ヴィクトールさんが右腕を動かす。

残像を残しながら放たれる三重の拳打。

避けるためにダッキングの要領で前傾姿勢を取ると、それを狙い澄ました衝撃波が顎下《あごした》を強かに打ち付ける。

浮き上がったところに突き刺さる拳。

血と唾の入り交じった体液が、口から飛び出した。

（これが身体強化の使い手が見ている世界！）

武人の強さの階段に足をかけたことで、その頂《いただき》の高さがよくわかる。

一朝一夕に埋まるような差ではなさそうだ。

流石に純粋な剣術だけでは到底及びそうにない。

ただ俺は別に、階段を一段一段上らなければいけないわけじゃない。

俺には俺の戦い方がある。

（よし、早速試してみるか……）

俺が得意なのは接近戦じゃない。

本領を発揮できるのは、むしろその逆、しっかりと距離を取っての魔法戦だ。

まずはファイアボールを打ち込む。

衝撃波でかき消されたが、それも想定内。

その間に距離を取りながら、水壁を展開。

相手の攻撃を防ぎながら、距離を取り続ける。

本気で攻撃をすると道場の中が壊れてしまうので、使う魔法は中級までにしておく。

中級風魔法のウィンドバースト、中級火魔法のフレイムランスを連射する。

相手がこちらに近付こうとする動きを牽制しつつ、土魔法で足場を動かし水魔法で足場を凍結させることでひたすらに相手の移動を阻害《そがい》する。

連射、連射、連射。連コンを使うＦＰＳプレイヤーのごとくひたすらに魔法を連発し続ける。

相手が繰り出す衝撃波をすべて潰す勢いで魔法を連発し続けながら、距離を取り続けて接近を許さない。

俺は魔力量だけなら自信がある。

これにはヴィクトールさんもかなり攻めあぐねたらしく、数分ほど粘《ねば》った上で白旗を揚げられた。

「僕は拳聖《けんせい》クラスまでに攻撃を制限していたのですが、これを破ろうとするには拳帝《けんてい》の奥義を使わなければなりません。なので今回は、僕の負けです」

こうして俺は気力と魔力を使った初戦闘を、無事勝利で終えることができたのだった――。


俺が魔法をバカスカ打ちまくったせいで、道場の中はなかなかひどいことになってしまった。

畳モドキは完全に焼け焦げてしまっていたため、新しいものに張り替え、建物は土魔法を使ってしっかりと再建し直しておく。

匠の技で劇的ビフォーアフ○ーを済ませたら、夕食だ。

宿を使っていると言うと自分の家に来なさいと言われたので、ありがたくお言葉に甘えさせてもらうことにする。

食事はライ麦とか使ってそうな少し黒めのパンとスープ、それとミントなんかの香草をチーズと一緒に混ぜたサラダだ。

パンは焼いてから日が経っていて硬かったので、スープに浸すとちょうどいい塩梅になった。

インベントリアから肉を出そうかとも思ったが、やめておいた。

魔法を使っている時点で今更な気もするが、踏み込んだ話もしていないのに俺の力を見せすぎるのもアレだし。

食事を済ませてから切り出してきたのは、ヴィクトールさんの方だった。

「実はですね、これは君達に知らせておいた方がいいと思うのですが……ある程度の権力者や実力者を相手にこんな触れ書きが回っています。そこに描かれているのは金髪の少女と黒髪の少年……なんでも両方がまだ年若いにもかかわらず、優れた魔法の使い手であると」

「――っ！」

「アリサ、こらえて」

立ち上がり今にも飛びかかろうとするアリサをなんとか抑え、話の続きを聞く。

ヴィクトールさんがこちらを捕らえようとしているなら、わざわざこんな話を俺達にする必要がない。

想像はしていたけど、やはり触れ書きは回ってたのか……。

というかヴィクトールさんが知っているということは、俺の予想に反して彼は未だ中央とのつながりを持っているということになるのか？

なんにせよ実際に人を動かすことができるということは、アリサを狙っているのはある程度立場のある人間ということになる。

ヴィクトールさんがしてくれている話は恐らく……俺達が何よりも探していた、値千金の情報だ。

「その依頼内容は少女の捕獲。普通の魔法使いであればありえないほど高額の懸賞金がかけられているのです。依頼主はゴルブル帝国の第二王子であるザンターク、王弟派と呼ばれている派閥の旗頭《はたがしら》です」

「ゴルブル帝国、第二王子……」

「ザンターク……」

俺達をこのラカント大陸に飛ばしてきた黒幕。

その正体は想像していたよりもはるかに大物だった――。


「第二王子は色々と黒い噂《うわさ》の絶《た》えない人物です。合法非合法問わず己の目的の達成のためならどんなあくどいこともやる男です」

『ゴルブルの奇跡』と呼ばれた歌姫を強引に手籠《てご》めにした。

『音無し《サイレントキリング》』の二つ名を持つアサシンを麻薬漬けにして従わせている。

彼の悪事に関しては、枚挙《まいきょ》に暇《いとま》がないほどに多いらしい。

「恐らく君達も、彼の私欲に巻き込まれて大変なことになっているのでしょう。僕も彼とは浅からぬ因縁がありましてね……」

ヴィクトールさんはそう言って、部屋の中央にある囲炉裏《いろり》をジッと見つめている。

木炭の淡いオレンジを反射する瞳は、燃えている炎を想起させる。

何かを見据えている彼の目には、深く暗い色が湛《たた》えられていた。

「微力ながら、逃走の手助けをさせてもらいましょう。せっかく取った弟子が早晩殺《そうばん》されてしまうというのは、あまりにも後味が悪い」

ヴィクトールさんが不安げな顔をしながらも、剣の柄に手をやっているアリサの方を見てから、そのままこちらを見た。

その真剣な表情を見て、俺は彼のことを信じてみようと思った。

なにせ相手はこの帝国の王子。

そんな人物を相手にして俺とアリサだけで逃げ切るのは、恐らく並大抵のことでは難しい。

この大陸の土地勘なんてものがほとんどない俺達だけでは、早晩限界を迎えることになるだろう。

「それなら早速行きましょうか」

なんでもない様子で、そう口にするヴィクトールさん。

彼は足下に転がっていた背囊《はいのう》の紐を手に持ち、にやりと不敵に笑う。

「へ……？」

「出発するなら早い方がいいでしょう。それに触れ書きには二人組とあります。そこに僕が加われば、人の目をかいくぐりやすくなるはずです」

どうやら俺の新しい師匠は、人を驚かせるのが好きらしい。

俺達は完全に日が暮れてから、ファーレンゲンを後にする。

こうして俺達のゴルブル帝国での逃避行が、始まったのだった――。

俺が街に向かって情報を集めていたのは、俺達が帝国の地理にまったく明るくなかったのと、気力の使い手を探すためというのが主だった。

だが気力の使い手で帝国の地理にも非常に詳しいヴィクトールさんが加わったことで、俺達の懸念事項は大きく改善された。

ヴィクトールさんの頭の中には帝国のかなり詳細な地図が入っているようで、大岩やめぼしい街道の目印を見れば現在位置がわかるほどだった。

本人は大したことはないと謙遜していたけれど、もしかすると彼は元は地図が閲覧《えつらん》できるくらいの、かなり立場のある人間だったのかもしれない。

道中の食材の確保はインベントリアを使えば問題なくでき、また生活用品などもいくつかの街を巡りながら買い足していくことで解決できる。

なので俺達は人里に下りて生活必需品を買い足したりするのは最低限にしながら、身体強化の扱い方をヴィクトールさんに習っている。

ヴィクトールさんはなかなかのスパルタだった。

理論派で間違っているところをしっかりと理詰めで指導されるため、大雑把《おおざっぱ》で感覚派だったカムイとはまた違ったタイプのキツさがある。

俺達はヴィクトールさんの指導の下で、自分達を見つめ直し、鍛えていた。

身体強化は魔法の場合も気力を使う場合も基本的には同じものらしいので、俺とアリサはまとめて面倒を見てもらっている。

「ほら、身体強化を切らさない！　目標は起きている間は常に身体強化を使い続けることができるようになることですよ」

「「は、はいっ！」」

俺達は常に身体強化を使い続けるよう心がけている。

朝目が覚めたら即座に身体強化を使い、そのままアリサと戦う。

スパーリングを終えたらヴィクトールさんと組み手。

そんなことをすれば当然へとへとになるが、休みはない。

戦いを終えたら、そこから先はひたすらランニングだ。

「ほらアリサ君、ペースが落ちていますよ」

「うぅ……はいっ！」

ヴィクトールさんに従って、ひたすらその後ろをついていく。

道がわからなければどこで終わるかもわからない俺達は、日が暮れるまでとにかく食らいついていくしかない。

道中の障害物なんかもあるので、ランニングというより障害物レースといった方が近いかもしれない。

自然を利用して崖を登ったり、川を泳がされたり……とにかく身体を酷使《こくし》し続けた。

すると人体というのは不思議なもので、同じメニューを繰り返していると数日もしないうちに身体が慣れてさほどキツさを感じなくなってくる。

ただヴィクトールさんの観察眼はかなりのもので、俺達がキツくなるラインを絶妙に見極めながら苛《いじ》めてくるため、まったく気を抜くことはできない。

そんな日々を過ごしていると、気力をわずかに浪費することすらもったいないと感じるようになっていった。

気力は肉体を巡るエネルギーだ。

肉体の一部に留め置くこともできれば、皮膚を通してオーラという形で外に出し、防御力を上げることもできる。

最適な身体の動かし方、最適な気力の配分の仕方を研究していった結果、より詳細に範囲を指定することで極限まで効率を上げることができるようになった。

筋肉や血管、神経の一本に至るまで、明確にイメージをしながら気力を使用することによって、強化効率はどんどんと向上していった。

ちなみにこの知識はアリサとも共有しているため、彼女もめきめきと身体強化の腕を上げている。

俺の気力は、魔力と比べるとそこまで多くはないらしい。

普通の人と比べるとかなり多い方ではあるみたいだけど、天稟《てんぴん》があるとはいえない程度ということだった。

ただそれでも現代知識を使った効率の良い身体強化により、通常では考えられないほど少ない気力の消費で十分な身体強化の強度を得ることができるようになった。

おかげで自分で言うのもなんだけど、ずいぶんとタフになったと思う。

今までだと俺の方がバテるのが早かったが、気力による身体強化ができるようになったことで今は純粋な体力勝負をしても、アリサと同じ水準くらいまでいくことができるようになっている。

ちなみにアリサは剣術の才能があるので今あるものを伸ばす方向で。

俺は剣術の才能は大してないため、並行して拳術を教えてもらうことにした。

ヴィクトールさんの流派は猿神流というらしく、めちゃくちゃ強い猿みたいな人が開祖のわりとデカめの流派なのだという。

めちゃくちゃ強い猿みたいな人ってなんだよとは思うが、実際この流派はわりと万能タイプな技が多い。

基本的に使うのは気力による拳速の加速や飛ぶ拳打と呼ばれている遠距離攻撃だが、体捌《たいさば》きや足捌き、歩法や視線の誘導、回避方法など色々と戦闘に使えるものを多く学ぶことができた。

剣術はどれだけ教えてもらってもできなかったが、拳術はある程度教われればしっかりと技術を身に付けられている。

「純粋な拳術なら、どれくらい強くなれますかね？」

「うーん……半生を費《つい》やして拳聖になれるか否かといったところでしょうか」

どうやら拳術の才能も大してないらしいが、それでも戦闘には有用なので習わせてもらっている。

今では最初の修行でヴィクトールさんがやっていたように、気力を拳から打ち出して衝撃波を発生させるくらいのことはできるようになった。

ちなみに気力を使って放つ技を、総称して武技と呼ぶらしい。

俺が使えるようになった拳打を飛ばす武技には、飛拳《ひけん》という大層な名前がつけられている。

この世界の武術はカンフー映画もびっくりするくらいのスゴ技が沢山あるが、今の俺に使えるのはこれくらいだ。

ただ奥義だけならいくつか見せてもらったりもしたので、いずれは使えるようになりたいところである。

魔法と併用すれば再現できそうな技もあったので、最近空いた時間は魔法と気力を併用したなんちゃって奥義作りに費やしてることが多いな。

とまあ、こんな感じで俺は毎日をわりと有意義に過ごすことができている。

ヴィクトールさんと一緒に街を出てから、半年ほどの時間が経過していた。

ちなみに行程としては全体のおよそ半分ほど。

ここ最近ランニングのペースは上がっており、今では下手な馬車に乗るより走った方がよっぽど速い。

この調子でいけば、あと半年はかからずに南端の港まで出ることもできるはずだ。

夜は、自主トレーニングの時間だ。

俺は一人、夜空の下で拳を握っていた。

「――せいっ！」

気力を纏《まと》わせた拳を振り抜く。

その瞬間、風魔法を使い己の腕を加速させる。

纏わせていた気力が拳の形をなし、衝撃波になって飛んでいく。

その衝撃波に、更に発動させた無詠唱の風魔法であるウィンドバーストを重ね合わせる。

吹き荒れる暴風とその後押しを受けて飛び出す衝撃波。

バヅンッと音を鳴らして、的である魔物の死骸が内側から爆散した。

これは飛拳と呼ばれている飛ぶ拳打に風魔法を組み合わせた俺のオリジナルの魔法だ。

風魔法を使い飛拳を加速させるこの技を、俺は風翔拳《ふうしょうけん》と呼んでいる。

使える武技は飛拳だけでも、使える魔法なら大量にある。

なのでなんとかして飛拳と魔法を組み合わせて色々できないかと、日夜色々なバリエーションを試している。

「やっぱり気力と一番相性がいいのは風魔法ですね」

今日は後ろにヴィクトールさんがおり、やっていることを確認されている。

見られるのは少し恥ずかしくもあるが、俺は魔法のことしかわからないからな。

武人としての観点からアドバイスをもらいたいので、必要な恥なのだ。

見せるは恥だが役に立つ。

「こないだ使った炎拳《えんけん》も見た目的にはインパクトはあるんですが、どうしても威力が微妙なんですよね」

ちなみに色々と試しているが、まともに使えるといっていい武技はこの風翔拳を入れてもまだ三つしかない。

ぶっちゃけた話をすると、気力と魔法を組み合わせるより魔法単体で使った方が威力が出せるんだよね。

かなりの魔力量と才能があって何年も研鑽《けんさん》している魔法と微妙な才能しかない拳術では比べるべくもないのだ、悲しいことにね……。

ただ魔法だけでなんとかできない相手への攻撃手段を持てたのは大きい。

中にはアンチマジックフィールドみたいな魔法を無効化してくる魔物なんてのもいるらしいからね。

「持っている手札が増えて悪いことはありません。きっちり取捨選択する必要はあると思いますが」

風は気力使いにとってかなり応用が利く属性だ。

使えば斬撃、拳打の加速から回避までなんでもできる。

風の加減が難しすぎるせいで、戦闘中に加減をミスると骨くらいなら簡単に折れてしまうのが玉《たま》に瑕《きず》だが。

「こないだ使っていたあれ……爆炎拳《ばくえんけん》でしたか？　ああいう覚えてもあまり意味がない手札を増やす意味はないと思いますけどね」

「あ、あはは……」

爆炎拳とはそのまま、拳に炎を纏わせる気力操作と火魔法の複合技だ。

ちなみに殴った相手が爆発したり、炎が噴き出したりするようなことはない。

ただ拳が燃えるという見た目のインパクトがあるだけの欠陥技である。

なぜそんなものを開発したかと言うと……男の浪漫《ろまん》というやつだ。

まったく使えないけれど、爆炎拳はたしかに俺の心に炎を灯してくれた。

作り上げてから冷静になった時は虚《むな》しくなったりもしたけど、今ではまたそのかっこよさに惚れ直している。

「そろそろ晩ご飯にしましょう、用意はしてありますので」

「あ、じゃあアリサを呼んできますね」

ヴィクトールさんと俺は土魔法で作った家の中へ入っていく。

最初のうちは洞穴を使うことが多かったけれど、途中からは周囲の視界を遮《さえぎ》ることができる場所に俺が土魔法で小屋を建てる形に落ち着いていた。

土魔法の練習にもなるし、何よりしきりを作って個室を作れるからな。

「アリサ、そろそろご飯だよ」

「ん……」

日が暮れてから俺とアリサは別行動を取り、別の特訓をするようにしている。

アリサの方がやっているのは、彼女の付与魔法の練習だ。

付与魔法は使える人間が非常に少なく、あらゆる魔法を使いこなすメルであっても王家が持っている本に記されている基礎的な情報くらいしか知らなかった。

やり方がわからない分、これまでは二人で手探りで試行錯誤《しこうさくご》をしてきたのだという。

俺達がラカント大陸にやってきてからも、その基本線は踏襲することにした。

付与魔法も魔法な事には変わらないので、最も重要になってくるのがイマジネーションなのは変わらないはずだ。

なので俺は彼女が付与魔法で行き詰まる度に、彼女と一緒に頭を悩ませながら考えた。

例えば水を出す魔道具を作るのなら噴水やダムなどの具体的なものを見せたり、より鮮烈なイメージをさせるために魔力に飽かせて作った巨大魔法を見せたり。

おかげでイメージを付けるための一助にはなれている……と思う。

「…………」

アリサは以前と比べると、ものすごく真面目になった。

体力がついたおかげか、集中力も増している。

今の彼女は、俺達がこっちに飛ばされてきた時と比べると見違えるほどに付与魔法の腕を上げていた。

彼女は今では魔具であれば一通りは作れるようになっている。

魔道具と魔具の違いは、簡単に言うとワンオフか量産品かというものだ。

魔具というのは、魔具を作る魔道具なるものを使えば量産が利く。

対して魔道具は、付与魔法の使い手が一つ一つ手作りしなければならない高性能な品だ。

ちなみにアリサは既に、魔道具を作ることもできるようになっている。

おかげで生活が豊かになるようなものも多数揃うようになり、日々の生活は即席の小屋での暮らしとは思えないほどに充実している。

彼女が今作っているのは、以前から挑戦している警戒の魔道具だ。

一定の範囲内に敵が侵入してきた時に、巨大な警報音がなるような仕掛けになっている。

ちなみにこれを作る上では、俺が風魔法で防犯ブザーの音を再現してみたりして協力している。

「むむむ……」

魔道具作りとは、一朝一夕にできるものではない。付与魔法というのはパッと使ってささっと作れるようなお手軽魔法ではないのだ。

まず始めに素材に自分の魔力を染みこませる必要があるし、スペル・サーキットと呼ばれる魔術回路を組み込んでからそこに魔法式を込めていく必要もある。

細かい理論に関しては門外漢なのでよくわからないが、中学の時に作ったりしていた回路をめちゃくちゃに複雑にしたようなものを作っていると考えるとわかりやすいかもしれない。

ちなみに今はその最終段階で、作り上げた魔術回路の中に圧縮した魔法式を注入しているところだ。

邪魔しないように後ろから見守ることしばし。

作業が一段落したタイミングを見計らい声をかけて、一緒にダイニングに向かう。

どうやら完成までには、まだ時間がかかるようだ。

「「「いただきます！」」」

ヴィクトールさんは料理が好きで、基本的に炊事は彼の担当になっている。

借金をする以外は完璧な彼の料理は、正直俺が作るものと比べても数段レベルが高い。

「それで、アリサさんの方はどうでしたか？」

「はい、あと一週間もあれば完成できると思います」

「ほう、それは重畳ですね」

半年もの間一緒に行動していれば、当然ながら俺達の秘密を隠しきれるはずもない。

無詠唱魔法を使っている時点で今更だと思い、俺達は既に、ヴィクトールさんに自分達が何故追われているのかの理由を教えていた。

そしてヴィクトールさんは話を聞いた上で、密告したり捕らえたりするでもなく、何も言わず行動を共にしてくれている。

「大人はもっと子供に頼っていいのです」

そう優しく微笑《ほほえ》みかけられた。

この半年で更に背が伸びたのでヴィクトールさんに大分追いついてきたとは思うのだけど、

彼からすると俺達はまだまだ子供に見えるらしい。

「私は子供じゃありません！」

「そうやって否定するところが子供なんだよ」

「子供じゃない！」

ちなみに、既にアリサの背は追い越しているため、俺が彼女を見下ろす形だ。

なので彼女が背を伸ばす魔道具を作れないか涙ぐましい努力をしていることも知っている。

そんなもの作れるんだろうか。

魔道具ってなんでもできるわけではないみたいなので難しい気はするが、応援はしている。

アリサのおかげで騒がしいご飯を食い終えると、そのまま自室へ。

そこから先はゆっくりと休む自由時間だ。

風呂場も作っているため、俺は日課である風呂に入ることにした。

「あ゛あ゛あ゛あ゛あ゛あ゛あ゛あ゛ぁ〰〰」

常に身体を限界まで苛め抜いているので、おっさんみたいな声が出てしまうのも止《や》むなしというやつだ。

湯の中には温度を保つための魔道具が入っているため、一度お湯を入れてしまえば保温は楽々だ。

入浴を済ませたら自室に戻る。

ちなみにそれぞれの個室には明かりの魔道具がついているため、わりと快適に過ごすことができる。

ヴィクトールさんに頼まれてインベントリアから酒を出しているので、恐らく今日は寝酒でもしているのだろう。

寝る前に、魔力の大量消費に入ることにした。

俺は以前と同様、魔力を使い切って眠るようにしている。

最初は襲撃にビビって魔力を温存するようにしていたんだが、気力を使ううちに五感が鋭くなったのか、最近では気絶する勢いで寝ていても音を聞けばすぐに目が覚めるようになった。

戦闘用に意識を切り替えるのも一瞬だし、そもそも寝てから回復する魔力だけでいざという時の襲撃には十分足りるので問題はない。

人里に下りる時には気をつけなければいけなかったり、色々と足りないものがあったりもするが、正直実家に居た頃と比べればはるかに快適だ。

なんやかんやで俺は、この生活にも順応することができていた。


「……えぐっ、ひっく……」

「ん……」

隣の部屋から聞こえてくるすすり泣く声を耳にして、ゆっくりと意識が覚醒する。

水魔法を使い軽く顔を洗って目を覚ましてから、上体を起こす。

俺に前世の記憶があって、更にキツい幼少期を過ごした今世の記憶だってある。

だから鍛錬《たんれん》こそキツくても一日三食しっかりと食べて風呂にも入れてぐっすりと眠れるだけで、十分な幸せを感じてしまう。

けれどきっと現状は、今まで両親に愛されて育ってきた女の子が抱えるには、少々重たいに違いなくて。

俺は土魔法を使い、壁に穴を開ける。

するとそこには、顔を枕に押しつけうつ伏せになっているアリサの姿があった。

彼女の心は、決して強くない。

今にして普段から強い言葉を使っていたのはきっと、内側にあるものの脆《もろ》さを隠すためだったからなのだとわかる。

「ぐす……クーン……」

彼女は俺の名を呼ぶと、それ以上は何も言わず、ただその手をそっとこちらに伸ばしてくる。

そのまま近付いていき、その手に触れる。

二人の手のひらが絡まって、きゅっと結ばれる。

温かい体温が、アリサが生きているのだという事実を、千の言葉よりも雄弁に伝えてくれる。

「父さん達と……また会えるかな？」

「――会えるよ、絶対に」

なんの根拠もないけれど、そう言い切る。

そっかとだけ言って、アリサはそのまま起き上がった。

わずかに腫れて赤くなっているその目に、回復魔法をかけてあげる。

アリサはここ最近、こんな風に泣いて悲しむことが多くなった。

かなりストレスが溜まっているのかもしれない。

それを慰《なぐさ》めるのは、お兄ちゃんである俺の役目だ。

俺はこうして彼女が泣いていることに気付いた時は、なるべく一緒にいてあげるようにしている。

「クーン……こっち、来て」

「ああ」

再び横になるアリサの隣に身体を横たえる。

俺より小さく細い腕が、控えめに背中へと回される。

俺も同じように腕を回すと、簡単に背中ごしに手を組めた。

むにんとやわらかい感触に、思わず身体の芯が強張《こわば》る。

そんな俺の益荒男《ますらお》な部分に気付かずに、アリサは胸の中に顔をうずめて、すんすんと匂いを嗅《か》ぎ始めた。

着ているシャツのネック部分が、少しだけ湿《しめ》る。

彼女は泣き虫だ、本当に。

「クーン……」

「どうしたの？」

「クーンは……強いね」

「――そんなこと、ないさ」

もちろん俺だって、不安を感じていないわけじゃない。

色々と経験してきているから、アリサより耐性がついているだけだ。

きっと幸せを感じるハードルが低いから、今でも十分幸せと感じられているだけなんだと思う。

「すぅ……」

アリサは安心したのか、そのまま寝息を立て始める。

その顔は、先ほどまで泣いていたとは思えないくらいに安らかだった。

(まつげ、こんなに長いんだ……)

そっとまつげに触れると、むずがゆそうに首を振られる。

――この半年間で、俺達の仲はずいぶんと良くなったと思う。

カムイ達が見たら、びっくりするんじゃないかってくらいに。

アリサの弱いところを見る度、俺はそれを支えてあげたいと思うようになった。

彼女を守れるくらい、強い男になろうと思うくらいに。

女の子は全身が、マシュマロみたいにやわらかい。

その感触に俺の中の狼が目を覚ます前に立ち上がろうとすると、回された手にギュッと力がこめられた。

「んぅ……」

絶対に離さないという固い意思を感じ、思わず苦笑する。

認めよう。

俺はアリサに惹かれ始めている。

でも当然のことだと思う。

美少女にこんな風に頼られてぐらつかない男なんていないもの。

だが同時に、俺は彼女の兄でもある。

だからかわいいかわいい妹が安らかに眠ることができるよう、自分の煩悩《ぼんのう》を押し殺して隣で眠ることにした。

そのせいで妙にもんもんとしてしまい、次の日にいつもより身が入らなかったことは、言うまでもない。

俺達はそれからも更に旅を続けることになった。

ヴィクトール先生に鍛えてもらいながら南下すること、更に半年。

都合一年の時間をかけて、俺達はようやく最南端の港街であるヴォロスコへとやってきたのだった——。

俺とアリサはラカント大陸とドーヴァー大陸の間に広がっている海を眺めていた。

波止場から見つめる水平線は、どこまでも続いている。

この一年間で、俺はずいぶんと背が伸びた。

既にアリサより高くなっているが、今でも結構な頻度《ひんど》で成長痛に悩まされている。

多分だけど、まだまだ大きくなるのだろう。

「私、海って見るの初めてなのよね！」

「俺もずいぶん久しぶりだよ」

今の俺達は、二人とも見た目を変えている。

アリサは赤い髪に紫の瞳。俺は緑の髪に青い瞳だ。

ちなみに色を変えているのは比較的目立つ眼鏡ではなく、足首につけているアンクレットだ。

――この一年間でアリサの魔道具作りの才能は開花した。

彼女は既に髪色を変える魔道具を解析し、そこに改良を加える形で、瞳の色をいじることも成功させていた。

眼鏡である必要もなくなったため、今の俺達はどこからどう見ても田舎から港町に来た少年少女にしか見えないだろう。

「しっかし……この海ってやつは、どこまで続いてるのかしら」

「どのくらいの広さがあるのかはわからないけど、少なくとも一日二日の船旅でなんとかできるような距離ではないみたいだね」

おまけに波もかなり荒く、水棲の魔物まで出現するっていうんだから、渡りたいこちらからするとたまったものじゃない。

ラーク王国では海を往復して移動することはかなり厳しいと聞いていた。

ただヴィクトールさんが言うには、厳しいだけで決して不可能ではないらしい。

ひっきりなしに襲いかかってくる魔物を倒すことができれば、渡ることは可能ということだった。

なので渡るためにはかなり武闘派の人間を揃えて、周到な準備をしておく必要があるということらしい。

「海の水ってしょっぱいって聞いたんだけど、本当なのかしら？」

「せっかくだし、試してみたら？」

「それもそうね……（ごくっ）。——っ⁉　ゴホッゴホッ‼」

アリサが掬《すく》った海水を思いっきり飲み干し、そして噎《む》せた。

あまりの塩辛さに半泣きになっている彼女に水筒を渡す。

すると懐かしい匂いがふわりと漂った。

生臭くて磯臭《いそくさ》い、海の匂いとしか表現のできないあの匂いだ。

「何これ、本当にしょっぱいじゃない！　塩として使えるんじゃないかしら！」

「たしかそのまま使うと、苦みやえぐみが強くてとても食べられたものじゃないはず。たしか加熱してしっかり製塩しないと使えなかったはずだよ」

はしゃいだ様子のアリサを窘《たしな》めながらも、俺も内心ではかなりテンションが上がっていた。

やっぱり海は少年の心をくすぐるものだ（前世の年齢足したらおっさんだけど）。

最後に海に行ったのはたしか……じいちゃんと一緒の潮干狩りだったかな。

沢山取れたハマグリを焼いたり味噌汁に入れたりしながら、頑張って消費したっけなぁ。

三食ハマグリなのが当時は悪夢だったけど、今となってはいい思い出な気も……。

「ほらほら二人とも、遊んでないで行きますよ」

「「は～い」」

いけないいけない、しっかりと気を引き締めなくては。

多分……というか間違いなく、港町のヴォロスコには俺達をここに転移させた第二王子子飼いの人間がいるはずだ。

そんな風に監視がある中で、俺達はなんとか船に渡りを付け、ドーヴァー大陸へ渡らなくちゃいけない。

正規のルートで行けるかは怪しいので、恐らく密航することになるだろう。

海を渡ってしまえばどうとでもなる。

正念場は、ここからだ。


ヴィクトールさんの伝手《つて》を使うことで、話はスムーズに運んだ。

彼の弟子達とは何度か接触を持ったが、皆なんやかんやで各地で俺達に力を貸してくれた。

やはり彼は、借金さえしなければいい師匠なのだ（n回目）。

確認してもらったところ、俺達は既に指名手配をされているらしい。

とうとう向こう側も、なりふり構わなくなってきたな。

俺達はヴィクトールさんの弟子であるモンタルさんに船頭をお願いし、漁船を装ってドーヴァー大陸へと向かうことにした。

人目につきにくい夜明け前を狙って出航する形にさせてもらった。

ちなみにここでお別れかと思っていたヴィクトールさんは、なぜかドーヴァー大陸についてきてくれるらしい。

面倒見がいいというか……素直にご厚意を受けさせてもらうことにする。

俺達は緊張の面持ちで船に乗り込み……そして拍子抜けするほどあっさりと、船は出航した。

検問で堰《せ》き止《と》められているうちに衛兵を呼ばれたり、後ろをついてくる小舟がやってきたりするようなこともなく、俺達は何事もなく出航することができたのだった――。

「恐らくですが、向こうの港で襲撃があるでしょう」

魔物が出る海域まではしばらくかかるということなので、船内でゆっくりと休んでいた俺はヴィクトールさんに呼び出されていた。

どうやら俺と同様、何もなかったことに違和感を覚えていたらしい。

「それはラーク王国とゴルブル帝国が繋《つな》がっている、ということでしょうか？」

「どれほどの仲なのかはわかりませんが……王国で襲われ帝国に飛ばされてきたわけですから、関係がまったくないと思う方がおかしいのでは？」

「……たしかにそうかもしれません」

だがラーク王国とゴルブル帝国が繋がっているとしたら、俺達は一体どこに向かえばいいのだろうか？

もしラーク王国へ行き領都ベグラティアへ戻ると同時、向こうで捕まったりしたら目も当てられないぞ。

ひょっとして、カムイ達にも追っ手がかかっていたりするのかな？

だとしたらなおさら、合流が難しくなるような気がするけど……って、今はあまり不安になるべきじゃないか。

全てはあっちに行けばわかることだ。余計に考えるだけエネルギーの無駄遣いだ。

後のことは、臨機応変に対応するしかない。

転移してきた時もなんとかなったんだ、次だって大丈夫さ。

「海を渡るのはかなりの大仕事です。昼夜を絶えず続く戦いで疲弊したところを、一網打尽にする腹づもりなのでしょう。あるいは派閥争いのせいで国内だとあまり好き勝手動けないという可能性もありますが……なんにせよ手ぐすね引いて待ち構えているのは間違いないかと」

ヴィクトールさんが同行できるのは、大陸間航行の間だけ。

彼は優しいけれど、同時に厳しい人間でもある。

向こうで何かあっても、それに対応するのは俺達じゃなければならないと彼は言う。

「なんにせよ、ここから先は僕としてきた修行が活《い》きてくるでしょう。二人にはしっかりと基礎体力を鍛え、常在戦場の心構えを叩き込みました。今のクーン君達なら海での戦闘もなんとかできるはず……」

ヴィクトールさんの声をかき消すように、アリサのうめき声が聞こえてくる。

彼女はどうやら船がかなり苦手らしく、波が荒くなってからというもの常にグロッキー状態だった。

船の上から大量の撒《ま》き餌《え》を撒き散らし、幽鬼みたいに顔が真《ま》っ青《さお》になってしまっている。

「アリサの様子を見てきます」

「はい、身体強化を使えば少しマシになるはずですから、伝えてあげて下さい」

「わかりました！」

俺はアリサの下へ向かい、彼女の介抱をすることにした。

三半規管をしっかりとイメージしながら身体強化させることにより、酔いはピタリと止まった。

そして元気になった俺達の下に、大きな銅鑼《どら》の音が聞こえてくる。

「魔物ね、行きましょ！」

「食べられる魔物がいるといいね！」

俺達は余裕のある状態で甲板に向かう。

そして昼夜を問わず襲ってくる魔物達への応戦が始まったのだった――。

魔物相手の戦闘ならかなりの数をこなしてきたという自負があるが、船上戦闘は初めてだ。

とりあえず一番気をつけなければいけないのは、襲ってくる魔物に船を傷つけさせないこと。

「銛《もり》つけ、銛！」

「「「おおおおおおおっっ!!」」」

ヴィクトールさんの弟子であるモンタルさんとその弟子であるという漁師達は、一糸乱れぬ動きで銛を突き出し、襲いかかろうとする魔物達を相手取っていた。

船の上に上がってこようとしているのは、上体が人型で下半身は魚である魚人の魔物、マーマンである。

醜悪《しゅうあく》な顔からは尖《とが》った牙が覗《のぞ》いており、開いている手のひらには水かきがついていた。

漁師のおっさん達は投擲《とうてき》用の短い銛を投げてマーマン達を仕留め、上がってきた個体には長い銛を使って接近戦を行っていた。

それは戦闘というよりなぶり殺しといって良いほどに圧倒的だった。

この世界の漁師は、水棲魔物と戦うだけの実力が必要になる。

彼らは皆気力を扱うことが可能で、中でもモンタルさんは拳聖の称号を持つほどの使い手だ。

「シッ！」

ただひとり、銛を持たずピーカブースタイルで魔物に接近していくモンタルさんは、一撃でマーマン達を吹き飛ばし、あっという間にその数を減らしていく。

その戦いっぷりにはまったく危なげがない。

魔法の援護もまったく必要なさそうだ。

少し引いたところから全体の戦局を俯瞰《ふかん》していたらしいヴィクトールさんから声がかかる。

「クーン君達は船尾側をお願いします！」

「了解です！」

「わかったわ！」

船尾の方にも船員達が控えている。

ただ銛の数が潤沢《じゅんたく》にないからか、彼らは己の気力で生み出したらしい銛を投げていた。

なるほど、たしかにここなら俺達の力が活きる。

敵が基本的に水中にいるため、風魔法による索敵は使えない。

なので同じ事を水魔法でやることにした。

船の周囲の水に軽く水流を作ってやり、その乱れから敵の位置の大体の見当をつけるやり方だ。

「十時の方向！」

初めてのことなので慣れるまでには時間がかかる。

俺が索敵に専念すると、アリサが魔法を使って積極的に援護を始めた。

最初のうちは俺達が見当違いの方向に魔法を打っていると思っていた漁師達も、俺が言った通りの場所から魔物が出てくるのを何度も確認しているうちに、俺の指示に従うようになった。

水流操作に慣れてきてからは、俺も戦線に加わって魔法を使っていく。

今では魔法を同時に多重発動させることもお手のものだ。

感覚としては両手で別の文字を書いてるようなものなので、慣れればそこまで難しくはない。

どうしても普通に使うより効率が悪くなるため、魔力を使う量は倍では効かない。

使える人自体かなり限られた技術だが、魔力量なら自信のある俺なら問題なく使える。

「グギャアアアッッッ⁉」

「うーん……やっぱり火魔法だとちょっと微妙か……」

俺がこんがりと焼いたギザ歯のイタチみたいな不思議生物が水面に落ちていく。

「す、すげぇ……」

「あの子、素敵もしてるよな？　なんで普通に攻撃魔法も使えるんだよ……」

フィールドが海ということもあり周囲の被害を気にする必要がないのはありがたいけど、火魔法の一番の利点のスリップダメージが狙えないのがあんまり美味しくないな。

他の属性を使った方が良さそうだ。

「キシャアアアアッッッ‼」

「岩石砲《がんせきほう》だと威力は十分だけど、変なところに跳ねるのがちょっと怖いか」

俺の岩石砲を正面から食らった巨大なウミヘビのような魔物が、顔面をぐしゃぐしゃにしながら海の中へと落ちていく。

魔法を弾けるような敵が俺の攻撃をそのまま船にぶつけてきたりすると面倒だ。

なるべく相手に悪用されないような魔法を使いたいところだ。

「ありがとう、助かった！」

「いえいえ、無理を言って船を出してもらったのは俺達なので！」

船員の男の人達と一緒に連携なんかもしながら、魔法を使って援護や迎撃を繰り返していく。

色々と試していく中で、一番使い勝手がいいのは水魔法だった。

周囲が水に満ちているおかげで、使用する魔力が少なくて済むからね。

「キツいなら代わるわよ？」

「いや大丈夫、アリサは今のうちにしっかり休んどいて。キツくなったら声をかけるから」

この北海はいくつかの海域に分かれており、魔物が襲撃してくる確率の高いポイントが判明している。

今俺達が入ったある程度の強さの魔物が出てくる海域を抜けるまでには、まだ数時間かかる。

当然ながら気力や魔力というのは、無尽蔵に湧き出てくるわけじゃない。

長丁場になるから、魔力も気力もしっかりと節約できるところでは節約していかないといけない。

ぶっちゃけ俺だけなら海域を抜けてから仮眠を取る形でもなんとかなるけど、それでも何時間もぶっ続けで戦っていれば集中力は切れる。

全員がなんとか緊張の糸を切らさず戦闘を乗り切るためには、俺が頑張る必要がありそうだ。

「クーン君、今度は右側面をお願いします！」

拳の衝撃波を自在に飛ばし各所へ援護を行っているヴィクトールさんの言葉に従い、船の中を駆け回りながら必死に転戦を繰り返す。

海域を越えては休憩し、戦い、仮眠を取って、また戦った。

海越えがきついと言われている理由も、こうしてやってみる立場になるとよくわかった。

まず当然ながら、方位を見失わずに進路を見極めることのできる腕のいい船乗りが必要だ。

そして船手、船尾、横腹と複数人で魔物を迎撃できるだけの人員が必要になってくる。

魔物の襲撃の頻度は相当に高いため、必然的に連戦になる。

しっかり休憩を取りながらとなると、かなりの人員が必要になるはずだ。

魔法を使いまくってもガス欠しない俺やいざという時に魔物を皆殺しにできるヴィクトールさん、そして魔力が切れても普通に戦えるアリサのように特殊な人員がいるからなんとかなったけど、普通の人達でこれをやろうとするなら、かなり大規模な船に大量の戦闘員を乗せる必要がある。

そしてそれだけの船員を大陸間航行ができるほど長い間食っていかせるとなると……不可能とは言わないまでも、かなり厳しいと言わざるを得ないだろう。

ただ俺とアリサの場合、南下の際に一年近く行ってきた極限状態での扱《しご》きによって、キツい環境で過ごすことに慣れることができている。

魔物の断末魔が聞こえる状態で仮眠を取ることや、呼ばれれば即座に戦闘態勢に移ることくらいなんかも朝飯前にできるし。

もしかするとヴィクトールさんが俺達を扱いていたのは、この航行を想定していたからなのかもしれない。

魔力が切れかけることこそなかったが、何度も集中力が切れて危ない場面もあった。

アリサの方も疲れの残っている状態で魔力が切れた時、そのまま地面にくずおれそうになったりしたことも何度もあった。

けれどこの一年の頑張りの甲斐あって、俺達は船員の人達も含めて、誰一人欠けることなく戦い続けることができた。

そして……。

「おぉ……陸が見えたぞっ！」

ようやく俺達の帰るべき場所――ラーク王国が見えてきた。

自分の状況を確認してみよう。

魔物の出てくる海域を抜けてからすぐに仮眠を取ったおかげで、疲れはずいぶんと取れている。

魔力にはまだまだ余裕があるし、途中からは酔いにも慣れたので気力もほとんど使わず温存できている。

「アリサの方はどう？」

「任せなさい！　ここまで来たんだもの……絶対に帰ってみせるわ！」

「うん、そうだね……」

視界の先に見える陸地を見ていると、なんだかこみあげてくるものがあった。

一年ぶりに見る王国だ……来たことがない場所なので、懐かしさとかは特に感じないけど、それでも感じるものはある。

なんにせよ、苦節一年、俺達はとうとうここまでやって来た。

たとえ追っ手が待ち受けていようが、なんとかしてみせよう。

今の俺達には――それだけの力があるはずだから。

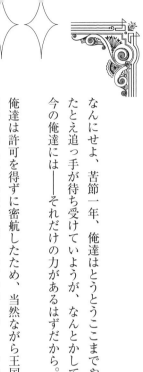

俺達は許可を得ずに密航したため、当然ながら王国の埠頭《ふとう》を使うわけにはいかない。

明かりの見えない夜を見計らって、ギリギリまで陸と近付いてもらう。

そのまま船から飛び降り、泳いで上陸することになった。

接舷《せつげん》できる場所を探すために船が航行している間に、言葉を交わし合うことにした。

「二人とも、僕が一緒に行けるのはここまでです」

少し期待していたところはあるけれど、やっぱりヴィクトールさんが同行するのはこの船旅の間までだ。

たしかに帰りのことを考えると、彼抜きだともう一度あの海上戦闘がこなせるかは怪しい。

「正直言うと、ここに来るのもギリギリアウトですからね」

「それって……大丈夫なんですか？」

「平気ですよ。昔の偉い人もこう言っていました……『バレなければ良かろうなのだ！』とね」

なんだかんだでヴィクトールさんと一緒に過ごすようになってから一年。

子爵家では要《い》らない子扱いされていたのでノーカウントとすると、カムイ達に次いで一緒にいた人ということになる。

ヴィクトールさんは、結構な時間を一緒に過ごしたはずなのに、いまいち掴めない人だった。

優しいようで厳しく、かといって冷酷というわけでもなく……どんなことでも飄々と受け流してしまえる、柳《やなぎ》のように柔軟な人だった。

きっと今もなんで大陸間航行をしたらいけないのかを聞いても、はぐらかされて終わりだろう。

「なんでアウトなんですか？」

それでも俺は聞いちゃう。

なぜかって？

それは、坊やだからさ。

「僕は帝国を出ることを許されていませんので」

予想外に普通に答えが返ってきた。

なんとなく想像はついてたけど、やっぱりヴィクトールさんって立場ある人なのかな？

「それって、どういう……」

「坊主達、そろそろ準備を！」

後ろからかかる声に振り返り、頷く。

首を元に戻すと、そこにはいつも通りの微笑を湛えるヴィクトールさんの姿があった。

「話の続きは、また今度ということで」

「はい……絶対に、また会いましょう」

俺が小指を出すと、首を傾《かし》げられる。

こうするんですと指切りの作法を教えてあげると、なぜか苦笑されてしまった。

「はい、約束です」

それ以上の言葉は交わさずに、俺達は海へと飛び込んでいく。

また一つ、この世界でやりたいことが増えた瞬間だった。


「行きましたか……」

水面をかき分け泳いでいく二人の背中を、ヴィクトールはゆっくりと見つめていた。

船が再び出発し、ゆっくりと陸との距離が離れていく。

もちろん心配する気持ちは強い。

ヴィクトールとて一人の人間だ。

泰然《たいぜん》としていても、一年近い期間を共に過ごした人間に情が移らないはずがない。

「――師父、良かったのですか？」

「ええ、必要以上の俗世との関わりは持つべきではありません。僕は次代にバトンを託《たく》した
……いわば亡霊ですから」

拳聖モンタルにそう言い返すヴィクトールは、踵《きびす》を返そうとして、ピタリと立ち止まった。

そしてもう一度海面を見つめると、今度こそ船室へと戻っていく。

ヴィクトール。

そのフルネームはヴィクトール・ランズハルト・バックワーズ。

彼こそはゴルブル帝国で最も巨大な流派である撲神流《ぼくしんりゅう》最強の開祖であり——息子に家督を譲《ゆず》ってからというもの真名を隠し隠居をしていた、撲神流最強の称号極拳《きょくけん》を持つ男である。

彼が何を思い、帝国が血眼《ちまなこ》になって探していたクーン達へ力を貸したのか。

その本心を知る者は、ヴィクトール本人を除いて、一人としていなかった——。


（ようやく帰ってこれたか……）

思えば俺達が転移させられてから、既に一年が経っている。

カムイ達は元気に過ごしているだろうか。

アリサを狙っての犯行ってことは、ひょっとすると彼らの方にも追及の手は伸びているかも……などと考えているうちに、そのまま街にやってきた。

周囲は暗く、気力で視力を強化しなければよく見えないくらいの光度だ。

魔具や魔道具のランプはそこそこ高級品であるため、この世界で夜に使える光源はろうそくやたいまつがメインだ。

油や蠟《ろう》を使って長時間燃やすのはコスパが悪すぎるため、皆店は夜になるまでに閉めることが多い。

俺達が夜更けを狙ってやってきたこともあって、街の中はひどく静かだった。

ただその中にもポツポツと明かりも見えている。

俺達のような密航者が多いからか、警邏《けいら》の数が非常に多いのだ。

アリサと一緒に話し合っていた通り、風魔法で索敵をしながら衛兵達に遭遇しないようにスニーキングを行っていく。

建物の陰に隠れてやり過ごしたり、屋根上に飛び乗って視界から外れたりと色々とやっているうちに、違和感を覚えた。

自分の身にさわさわと触れる微弱な風。

これは……俺と同じ風魔法の索敵を使われている？

この魔法のいいところは、わずかな風でできるおかげで相手に気付かれる心配がほとんどないことにある。

意識を張っている今じゃなければ、俺も気付くことはできなかったかもしれない。

（盲点だったな、索敵ができる人間が相手にもいるのか……）

この索敵の魔法が使える人間は決して多くない。

レーダーやソナー、反響定位なんかの知識がある俺だから普通に使えるだけで、本来であればメルでも使えないようなかなりの高等技術なのだ。

もしかすると俺達が突然襲われた時も、こいつに魔法を使われていたのかもしれない。

無論自分が使われる側になった時のための対抗策は既に考えてある。

まさか使う機会が来るとは思ってなかったけどな……。

気合いを入れて、気力を使いながら索敵を強化する。

気力と魔力は、実のところ併用が可能だ。

気力で聴覚を鋭敏にしながら索敵の魔法を使うことで、感知できる範囲を伸ばすことができるようになる。

俺達から少し離れたところにいる二人組を発見できた。

そしてさっきは気付かなかったけれどよくよく確かめるとこちらの位置を察知しているようなグループが更に二つほど。

合わせて六人が、明らかにこちらを意識した動きを見せている。

「気付かれました、戦闘準備を」

街中で戦っていたら、間違いなく衛兵が来る。

なんとかあちらに気付いていない風に装いながら、城壁をよじのぼって外に出る。

同様に駆け上がってやってくる襲撃者達から距離を取りながら、その様子を確認する。

すると強化した視覚が、妙に見覚えのある馬面の男を捉えた。

あれは……一年前に俺を倒した男だ。

悔しくて何度も夢に見たこともあるし、間違いない。

まさか雪辱《せつじょく》を果たす機会がやってくるとは……。

あの時とは違うってこと、しっかりと見せつけてやらなくちゃな。

俺達は主要な街道を外れたところにある雑木林の中へ入り、ジッとタイミングがやって来るのを待ち続けていた。

索敵の反応がどんどん近付いてくる。

どうやらこちらに気付かれないようにするのはもう止めたらしい。

そして合流していた合わせて六人ほどになる刺客達が、とうとうその姿を現した。

「……おい、こっちで本当に合ってるのか？」

「ええ、間違いありません」

ひひんといななきそうな馬面の男が、不機嫌そうに眉をひそめている。

恐らく索敵をしているのだろう他の男は、魔法を使いながらも、彼に気を遣っている。

どうやらあの馬面、この集団のリーダーをしているらしい。

刺客達が索敵をしている男を頼りに森の中へと入っていく。

その様子を見てから、俺達は互いに頷き合い、作戦を開始することにした。

「――ここです、この先にやつらがいます。どうやら待ち伏せをしているようです、気付かれてたみたいですね」

「流石にそこまでバカじゃねぇってわけか」

男達は最低限の会話だけ交わしながら、ずんずんと進んでいく。

彼らは皆一様に耳にカフのようなものをつけていた。

どうやら連絡を取り合うための魔道具らしい。

既に反応を捕捉しているためかその足取りはかなり速いが、まったく足音を立てていない。

なんにせよ、身体強化をかなりのレベルで使いこなしているのは間違いない。

「よし、行くぞ。パターンBだ」

馬面男を先頭にして、男達が一気に前に出る。

そして……全員がその場から姿を消した。

「「「「「なああっ⁉」」」」」

事前に用意しておいた落とし穴に見事にハマった男達を視認しながら、俺とアリサは前に出る。

そして準備を終えている魔法を発動させた。

「バーストフレイム！」

アリサの放った白色の炎が穴の中へと降り注いでいく。

それに少し遅れる形で時間差で俺が使うのは、核融合炉をイメージさせて放つ上級火魔法であるエクスプロージョンだ。

俺がありったけの魔力を注ぎ込み圧縮に圧縮を重ねた炎の玉が弾け、そして爆発する。

森の中に響く轟音と共に炎の柱が吹き上がり、近くにある木々へと炎が燃え移っていく。

同時に起こる衝撃波が辺りの木々をへし折り、森の中に巨大なクレーターができた。

「クーン、ちょっとやり過ぎ……」

「しょ、しょうがないでしょ⁉　下手に手を抜いたりするわけにはいかなかったし！」

そんなことをして倒せなかったら本末転倒だからね。

というかこれで本当に倒せたかは正直怪しいと思う。

「――どうやらまだ、戦いは終わっていないみたいよ」

そう言ってアリサが指し示す先――そこには、噎せながらもこちらに這《は》い上《あ》がっている二つの影があった。

馬面の男と、その脇を固めていたひげ面の男だ。

「げほっ、げほっ……てめぇら、舐めた真似しやがって……」

他の四人は処理できたみたいだけど、完全には仕留めきれなかったらしい。

身体強化を使って瞬間的に防御力を上げたのかもしれない。

当然ながらあちらの言葉には反応せず、再び無詠唱魔法を放つ。

夜の視認しにくい中で攻撃を当てられるよう、使うのは風魔法だ。

突如《とつじょ》として発生した真空刃が命中していく。

ただ急所はしっかりと守っていたため、表面に浅い傷を作るだけだ。

「俺は右の馬面をやる」

「じゃあ私は左のね」

「転移の魔道具には気を付けてね」

「もちろん」

俺達をラカント大陸に飛ばしたのは、転移の魔道具だ。

今の付与魔法では再現できない超がつくほど高価なものらしいが、もしかすると二つ目もあるかもしれない。

本当ならアリサの側で彼女を守りたいが……あの馬面に甘さを残していては、勝てない気がする。

横の男も強いだろうが、馬面より強いということはあるまい。

だからしっかりと距離を離して、一対一の状況を作ることにした。

突風を吹かし、馬面の男を吹き飛ばす。

俺はその後を追いかけるため、身体強化を使って加速した。

背後から聞こえてくる剣戟《けんげき》の音。

けれど、振り返りはしない。

信頼しているからこそ、俺は俺にできることをやるだけだ。

強風を出力任せに叩きつけると、馬面の男は為《な》す術《すべ》もなく吹き飛んでいった。

着地した時点や樹《き》に激突した時点でとっかかりを作って逃げようともしていたが、広範囲にわたって風を使っているおかげでそれもできないでいる。

ただ軽いダメージこそ与えられているが、致命傷にはほど遠い。

これだけで倒せる気はまったくしない。

ある程度距離を離し、ついでに強風で軽く火消しを行ったところで魔法の使用を止める。

最後に一度樹に叩きつけられた馬面は、先ほどより泥《どろ》だらけになっている。

あちこち擦り傷だらけなのは間違いないが、やはり致命傷だけは綺麗に避けているようだった。

「ちっ、むかつく野郎だぜ……」

土埃を払う馬面の男を見ていると、一年前のことが脳裏にまざまざと蘇った。

何もできないままにやられ、助けを求めることしかできなかった無力な自分。

だが今の俺は、あの時とは違う。同じ結果にはならないはずだ。

そう自分に言い聞かせる。

こいつは間違いなくゴリゴリの前衛タイプだ。

だったら相手には付き合わず、こちらの得意を押しつけてやる。

無詠唱で岩石砲を放つ。

男はその攻撃を見切り、腰に提《さ》げている短剣を振る。

すると音もなく、岩石が真《ま》っ二《ぷた》つに割れた。

短剣であれだけの威力が出せるとなると、間違いなく身体強化の使い手だ。

俺は後ろに下がりながら、更に魔法を連発していく。

相手の踏ん張りを利かせなくするために足下を窪《くぼ》ませながら火魔法を放ち、踏ん張る瞬間に敢《あ》えて土を盛り上げて一撃には力を乗らせない。

接近は地面の凍結と泥濘化《ぬかるみか》で防ぎ、俺は同時に気力で身体強化しながら距離を保ち続ける。

「ちいっ、しゃらくせえっ!!」

男は俺が想像していた以上の使い手であることはすぐにわかった。

俺が放った魔法は岩石だろうが竜巻だろうが青い炎だろうが、その全てを斬り伏せられる。

明らかに短剣のリーチだと不可能なはずだが、よく目を凝《こ》らして観察すると短剣の刀身が延長するような形で光の刃が伸びている。

あれも身体強化の賜物《たまもの》なのだろう。

小回りが利く短剣にあれだけの威力が込められるとなると、実際かなりの脅威だ。

剣術や拳術のように、短剣術として研ぎ澄まされているのだろう。

「おおおおおおおっっ‼」

だが明らかに俺より上手の馬面の動きを見ても、俺の方にまったく焦りはない。

焦れて動きが雑になっているのはこちらではなく馬面の方だった。

ある程度の使い手になると、己の武器を使って魔法を蹴散らすくらいのことは当然にしてくる。実際ヴィクトールさんだって、拳で俺の最大火力の魔法を蹴散らせるしな。

だが彼と実戦をしていくうちに、俺は気付いたことがある。

彼らは魔法を完全に無効化できるわけではない。

いかに一流の戦士であっても、土魔法による地形の操作の影響は受けるからだ。

また、魔法を攻撃でかき消すことはできても、魔法の影響は消すことはできない。

風魔法で発生した衝撃波は食らうし、火魔法で放った炎の熱はしっかりと肌を焼く。

なので全ての攻撃をかき消されたとしても、ダメージは確実に蓄積《ちくせき》していく。

ただこの世界においては、一流の魔導師と一流の剣士が戦った場合、勝つのは後者という考え方が一般的だ。

戦士が魔法の余波で息切れをするよりも、戦士が魔導師に接近をして斬り伏せる方が速いからである。

「クソッ、なんで……なんで近づけねぇ⁉」

だが俺はそんな常識を、魔法の二重発動と気力による身体強化で根底からひっくり返すことができる。

そもそも身体強化をしながら魔法を使えるやつがいないし、よしんばいても移動阻害と攻撃、そして逃走という三つの行動を同時に取れる魔導師は存在しない。

これは前世と今世、二つの魂を持ち気力が使え、一発で測定球を壊すほどの圧倒的な魔力量がある俺でなければできない戦い方なのだ。

この戦い方には花がない。

基本的に魔法を連発してこちらに近づけずに勝利を収めるやり方だからな。

俺だって圧倒的な火力で敵を焼き殺したり、強力な身体強化で敵を一刀両断するのが理想ではある。

だが勝つために手段を選んでいられるほど、俺は強くない。

必殺の一撃を入れるためには五秒ほど集中する必要があるから、この状況じゃまともに使えないのだ。

だから淡々と、相手の動きを観察しながらこちらに出してくる手を潰し続ける。

相手にはターンを回さず、機械的に魔法を使い続ける。

ただこれはこれで、やってる側は結構楽しかったりする。

ソリティアで相手を封殺するの、嫌いじゃなかったんだよなぁっ！

（しっかしこれは……真っ向から接近戦挑んでたら、かなり危なかったかも）

相手は俺が放っている魔改造した無詠唱中級魔法を軽々と斬り伏せている。

戦い始めた時と比べれば剣速は明らかに落ちてはいるものの、それでもその剣閃は驚くほどに鋭い。

気力が使えるからと調子に乗って挑んでいたら、かなり痛い目を見ていたに違いない。

「クソが！　まともに戦いやがれ、この卑怯者《ひきょうもの》があああああぁっ!!」

一向に変わらぬ距離に増えていく傷。

馬面の男の咆哮《ほうこう》を耳にしても、心はまったく微動だにしない。

なぜならこれが俺の、まともな勝ち筋のある戦い方だからだ。

たしかにこいつは強い。

拳聖のモンタルさんより強いかもしれない。

（けど――カムイや、ヴィクトールさんほどじゃないっ！）

彼らの速度と実力を知っているからこそ、何をされても慌てることなくしっかりと対処することができる。

相手を寄せ付けることなく、一方的に封殺することができる。

「これで……トドメだっ！」

放った鎌鼬《かまいたち》が、馬面の男の首筋に深々と食い込む。

喉を深く裂かれ、声にならない声で何かを呟いた男は、そのままドサリと地面に倒れ込み……そして二度と動くことはなかった。

以前アンデッドと戦った時のことを思い出ししっかりと死んでいるかを確認してから、ガッツポーズを取る。

(あの時の雪辱……きっちり晴らさせてもらったぞ)

自分は強くなれているのだという感覚が、じわじわと湧き上がってくる。

ただ、今はその実感に酔っていられるタイミングではない。

俺は急ぎアリサを置いてきた場所へと向かう。

するとそこには――。

「――ぶいっ！」

ピースサインをしながら、もう一人の敵を倒しているアリサの姿があった。

余裕がなかった俺とは違い、しっかりと敵を生け捕りにすることまでできている。

そして俺達はその男から必要な情報を聞き出してからしっかりと消火活動を行い、そのまま夜の闇の中へ消えていくのだった。

とりあえず尋問をしながら情報を集めていくことにした。

ちなみに向こうも情報漏洩に対しての対策は事前にしており、口の中の義歯には自殺用の毒が入ってた。

当然気絶しているうちに抜いておいたけど。あってよかった前世知識。

俺に拷問の知識なんてものはないが、こちらにはあっちの世界にはなかった光魔法がある。

どれだけ傷を負わせても治すことができるし、身体の一部を千切ってから再び回復させて、何度も神経をブチリと切るようなこともできる。

「ぎゃあああああああっっ!! 話す、話すから待ってくれ!」

流石にそういった拷問の訓練は受けていなかったらしく、実にスムーズに情報を得ることができた。

まず彼らは俺達が予想していた通り、ゴルブル帝国の第二王子ザンタークの子飼いの密偵だった。

彼らの目的は、付与魔法を使うことができるアリサを誘拐すること。

ちなみにメルの側にはカムイが控えているため、子供だけの俺達を狙ったということだった。

できれば捕らえてそのまま第二王子に手渡したかったらしいが、それが無理だった時のためのプランBというのが、転移の魔道具の使用だった。

アリサをラカント大陸へ飛ばし、あとは人海戦術で捕まえるという大雑把極まりない作戦。

成功しない確率の方が高そうだと思うんだが、彼らからするとアリサが死んでもそれはそれで構わなかったらしい。

最悪ヒュドラシア王国にアリサの力を使わせなければそれでいいと思っていたんだと。

「ふざけるな、お前らアリサのことをなんだと……」

「やめてクーン、それ以上やったら死んじゃうわ！」

途中焦って危うく殺しかけてしまうことにはなったが、およそ必要な情報を集めることができた。

あの馬面がゴルブル帝国の諜報面《ちょうほうめん》を仕切っていたらしいこと。

そして密航を監視するために帝国の諜報員として北海の監視を行っていたこと。

ただ大陸を渡って活動ができる諜報員の数はさほど多くはなく、カムイに斬り殺されたことで人員はここにいる六人で全員になるほど減ってしまったこと。

そして諜報組織自体半《なか》ば活動停止となっており、彼ら自身まさか本当に俺達が来るとは思っていなかったこと。

どうやらこの六人をなんとかすれば、俺達を襲ってくるような奴らの影に怯える必要はないようだった。

俺達は取れるだけ情報を取ってからきっちりとトドメをさし、落ち着いてから一度話し合いをすることにした。

そして当初の計画通り、領都ベグラティアを目指すことを決める。

カムイ達がまだ滞在しているかはわからないが、どこに向かっているにせよ、家になんらかのメッセージくらいは置いておいてくれるはずだろう。

カムイだけならうっかり忘れているかもしれないが、メルがいればそのあたりもぬかりはないはずだ。


山火事を起こしかけたせいで問題になりかねないと思い港町を早々と抜け出してきた俺達は、南西に進んでいったところにあるツヴォイトという街に入った。

軽く情報収集がてら魔道具で変装していない姿をさらしてみたりもしたが、何も問題は起こらない。

衛兵達の前を、怪訝そうな顔をされるほど通りまくっても何も言われなかったので、俺達が指名手配をされているような様子もなさそうだ。

流石の第二王子と言えど、他国にまで指名手配を回せるだけの権力はないということなのだろう。

ギルドに行くと、ギルドカードも問題なく使用することができた。

そこで俺は、なんだか妙な感じを覚えた。

（なんだろう、この感じ……）

自分が感じている違和感の理由を上手く言葉にすることができず、なんだかもやもやしながらギルドを後にする。

いつものように警戒をしつつ逃走経路を探し、宿で部屋を取った。

そして警戒のための魔道具をインベントリアから取り出そうとしたところで、ようやく自分が感じていたものの正体にたどり着く。

――俺達の一年にもわたる逃亡生活は、終わったのだ。

こうして俺達は無事、ドーヴァー大陸へ戻ってくることに成功した。

俺は気力も使えるようになったし、アリサは付与魔法で魔道具がしっかりと作れるようになった。

かわいい子には旅をさせろ的な感じで、保護者と離れたおかげで成長できたのかもしれない。

（ただ一応、警戒の魔道具は使っておこう……）

あの男への尋問でこれ以上の追っ手はなさそうだとわかってはいるが、そういう時に限ってもしもというのは起こるものだ。

以前何度か魔物の襲撃に遭った頃の癖《くせ》が抜けない、ビビりな俺だった。


カムイやヴィクトールさんならこういう時に祝い酒だと浴びるように酒を飲む気がするが、あいにく俺達は二人とも酒の美味《うま》さのわからない子供舌だ。

以前バーベキューをした時に作っておいた大量の肉を取り出しながら、ささやかな祝いの席を設《もう》けることにした。

以前は疲れてへとへとになりながらも栄養補給としてなんとか食っていただけだったし、まともな調味料もなかったのでほぼ素材の味そのままだった。

だが今回は街で塩や香辛料を用意しているため、しっかりと料理として楽しむことができた。味覚が渾然一体《こんぜんいったい》となって服がはじけ飛びそうになる、そんなパワフルな味がする。

お粗末《そまつ》！

「ふぅ……」

腹がパンパンになるまで飯を食うと、一気に眠気が押し寄せてくる。

今までずっと気を張っていた反動か、なんだか頭がぼやーっとしている。

ちょっと気が抜けているという自覚はあるが、この一年間気が休まる暇《ひま》なんてまったくなかったのだ。

少し呆《ほう》けるくらいのことは許してもらいたいものである。

俺が肉の脂《あぶら》でてらてらになっている口を開けて呆けていると、既に食事を終えて果実水を飲んでいるアリサはジッと手のひらを見つめている。

握ったり開いたりを繰り返しながら、何かを確かめている様子だった。

「お父さん達、どうしてるかしらね……？」

その言葉を聞いてハッとする。

そうだ、最大の難所は乗り越えたとはいえ、俺達はまだ本来の目的であるカムイ達との合流ができたわけじゃない。

まだ気を抜くには少し早かったみたいだ。

いけないいけない。俺みたいな小物はすぐに慢心《まんしん》してしまうのが良くない。

そういう端役は大抵の場合、舐めプをしていて足を掬われて死ぬからな。

そんなことならないよう、今一度気を引き締めなくては。

「あの二人なら、案外楽しく暮らしているような気もするけどね」

「そ、それはそれでちょっと複雑かも……」

心配していてほしくはないけど、やっぱりちょっとくらいはしておいてほしい。

乙女心は複雑らしかった。

しっかし、カムイ達か……たしかに今、どこで何をしてるんだろうか。

もう一年も会ってないし、もしかするとどっかりと老け込んでいたりするのかもしれない。

「そろそろ寝る？」

「そ、そそそそうね！」

めちゃくちゃ動揺していらっしゃる。

まあわからなくはないけど、なにせ……。

（ダブルの部屋しか空いてなかったからなぁ）

くるりと振り返るとそこには、少し大きめのサイズのベッドがででんと鎮座《ちんざ》していた。

他に部屋が空いていなかったから仕方ないんだけど。

にしてもそんな緊張しなくていいと思うんだけどな。

洞穴を使ってた時は普通に同じ場所で寝たりもしてたわけだし。

それに添い寝だって何度かしてるしな。

横になり、俺が右側、アリサが左側を使うことになった。

最近身体が大きくなってきているからか、スペースにさほど余裕はなかった。

寝返りが打ちにくいので、非常に寝苦しそうだ。

「もっとこっちに来ていいわよ」

「それじゃあ遠慮なく」

「ちょ、ちょっとは遠慮しなさい！」

ポカリと殴られた。

無意識のうちに身体強化を使っていたらしく、顔がものすごく痛い。

せ、成長したねアリサ……（半泣きで頰を押さえながら）。

「な、なんで泣きそうになってるのよ……別に嫌なわけじゃないからね？」

俺が拒否されて泣いていると思われたからか、なぜかぎゅっと抱きしめられた。

感じるヌクモリティと、腹のあたりに感じるやわらかい感触。

緊張して本人はまったく気付いていない様子だったが、胸が当たっていた。

そちらも一年の間でずいぶんと成長していたようで、お椀型の双丘《そうきゅう》がむにゅんと押しつぶされている。

俺のリトルボーイが自己主張を始めようとしたが、元実家の嫌なやつらを思い出してなんとか平常時に戻した。

どうやら俺が内なる獣と葛藤《かっとう》している間に、アリサの方も考え事をしていたようだ。

「クーン……実は私、言っておきたいことがあるの」

目を開くと、当然ながらすぐ目の前にアリサの姿があった。

抱きしめられているので、見下ろす形になる。

一瞬また起き上がりそうになるが、彼女の真剣な表情を前にしてマイサンはしっかりとその場に留まった。

「父さん達と再会したら私……ヒュドラシアに行こうと思ってるの」

「ヒュドラシアって……カムイ達が出て行った国だよね？」

「うん、色々考えたんだけど、それが一番いいかなって」

二人で上体を起こすと、アリサはそのまま立ち上がった。

木枠の窓を開けると、そこには満天の星が広がっている。

月光をその身に受ける彼女の姿は、一枚の絵画に切り取りたいと思うほどに美しかった。

「私ね……自分に流れる血が嫌いだったの。付与魔法を使いたいなんて思ったこと、一度もなかったし」

血統魔法を使えるというのは、何もいいことばかりじゃない。

そもそもの話彼女が付与魔法を使うことができなければ、命がけで大陸間航行をしたりする必要はなかったんだから。

「私のせいで、父さんにも母さんにも迷惑をかけちゃうし。こんな風になるのなら、最初から使えない方がいいのにって何度も思ったわ」

くるりと振り返ると、以前より伸びた髪の毛がふわりと動いた。

その上背は、一年前と比べるとあまり変わっていない。

けれど今の彼女は、びっくりするほどに大人びて見えた。

「でもそうやって否定して、目を背けるだけじゃ変わらない。私も向き合わなくちゃって思ったの。もう子供じゃないんだし、現実を見つめなくちゃ」

隔世遺伝で受け継いだ付与魔法を使うことができる自分自身と、向き合うために。

俺だってまだできないことを、既にアリサはやってのけていた。

俺が彼女を守らなくちゃと強くなろうとするうちに、彼女はただ守られるだけの存在ではなくなっていた。

人は成長する。

俺も、そしてアリサも変わっていく。

「このまま逃げ続けるのはもうやめ。たとえどんな風になるにせよ……向き合うって、そう決めたから」

けれど成長しても、変わらないものだってある。

三つ子の魂百までってやつだ。

「俺も行くよ」

アリサが決めたのなら、もちろん反対はしない。

けど俺にもできることがあるはずだ。

今この場にいないカムイやメルだって、きっと同じ事を口にすると思う。

「どうして……どうしてクーンはいつも、私のことを助けてくれるの？　ラカント大陸の時だって、私を見捨てれば、クーン一人になればもっと簡単に逃げられるはずだったのに」

「どうしてって、そんなの決まってる。アリサのことが、好きだから」

「なあっ⁉」

一生をかけて守ると、俺は自分の心にそう誓ったのだ。

「アリサは俺の、大切な家族だからね」

「そ、そそそそそうよねっ！　勘違いした私がバカだったわ！」

俺はずっと、疑問に思っていたことがある。

もし輪廻転生を司る神様がいるのだとしたら、俺は一体何故この世界に転生してきたのだろうかということだ。

けれど今ならその理由がわかる気がした。

生きる意味というのはきっと、誰かに決められるものじゃない。

こうと自分で決めて、生きていくことしかできないのだ。

アリサが自分の血と戦うというのなら、俺もその一助になろう。

これは神様に決められたものじゃなくて、俺が決めた、俺の意志だ。

「すぅ……」

横になったアリサは気が緩《ゆる》んだからか、そのまますぐに眠ってしまった。

寝顔をジッと見つめていると、ふわりとちょっぴり汗臭いアリサの匂いが漂ってくる。

俺はほんのりと温かい体温を感じながら、アリサと一緒に眠る。

その日は魔力は使っていないけれど、ぐっすりと眠ることができた。


次の日から、俺達は急ぎ領都ベグラティアへ向かうことにした。

ヴィクトールさんの鬼の扱きのおかげで、今では二人とも身体強化を使って長時間走り続けられる。下手に馬を調達するより、一昼夜自分達で駆ける方がよっぽど速く移動することができた。

そしてそんな移動して街に寄って寝るだけの生活を続けること半月ほど。

道中再び刺客に襲われるようなこともなく、俺達は無事にベグラティアにたどり着くことができた。

「とうとう来たわね……」

「……うん」

目の前に見えるは、懐かしの我が家。

実家よりも実家なカムイ家を見ると、本当に帰ってきたのだと心がじんわりと温かくなってくる。

ただ近付くにつれ、俺達の顔は強張っていった。

毎日メルが手入れをしていたはずの庭が、かなり荒れている。

丁寧に剪定《せんてい》されて高さを揃えられていたはずの木々はでこぼこになっていて、そのおかげで庭の様子が外からもよく見えるようになっている。

隙間から見える中の様子には、生活感がない。

家全体が、わずかに埃を被《かぶ》っているようにも見えた。

ひょっとしなくてもこの一年で、カムイ達はここを去ったのかもしれない。

ただそれ自体は考えていた可能性の一つだ。

俺達が転移で飛ばされたとなれば、彼らが探しに街を出ている可能性もかなり高いと考えていた。

ドアベルを叩くが、人の反応はない。

鍵を取り出し、ゆっくりと開く。

すると生活感のまったくない玄関があった。

家具なんかはそのままで放置されているが、靴は一足も残っていない。

「どうやら再会は、もう少し後にお預けみたいね」

「だね、とりあえず手分けして探そうか」

何か手がかりはないかと、二人で別々の部屋を物色し始める。

すると探していたものは、実にあっさりと見つかった。

リビングにあるテーブルの上に、ぐちゃぐちゃと汚い文字で『頼りになる息子とかわいい娘へ』と記された、間違いなくカムイの筆跡の手紙が残されていたのだ――。


『お前らが今この手紙を読んでいるってことは、恐らく俺らが探し出すより早く、お前達が自力で家に帰ってきたってことになるだろう。多分必死になって探している親としては情けないが、クーンがそつなく動けば、案外あっさりと帰ってきていそうな気もする。俺としてはその可能性も結構高いと思ってるから、こうやって手紙を残している。まずは一言――よくやった。

この手紙をアリサとクーン、二人で読んでくれていることを何より願っている。

現状についての話をしよう。まずお前達を転移させた男達は、とりあえずまとめて捕まえた。流石に皆殺しにしたら俺がお尋ね者になっちまうからな。ちなみにここの官憲《かんけん》が無能なせいで何人かには逃げられたらしい、本当にふざけんなって話だ。あいつらがまたお前達を狙ってないといいんだが……。

現在はお前達が転移をしてから三日が経っている。男達をボコして捕まえた俺達は事情聴取が終わり、無事無罪放免になった。

お前達を誘拐された子供扱いで捜索願いを出すことも考えたが、それだと別の悪い虫に狙われる可能性もあるので、あえてしないことにした。

狙われたのがアリサで、転移の魔道具が使われた。となると恐らく、ラーク王国だけの企《くわだ》てじゃない。

間違いなくヒュドラシアの奴らが一枚嚙んでるだろう。

なんにせよ、ラークではできることに限りがある。

情報を集めるために、俺とメルはヒュドラシアに戻ることにした。

幸い二人とも全て捨ててこっちに来たが、戻れば立場ならある人間だからな。権力だろうが金だろうがなんだって使って二人を探し出すつもりだ。

もしこの手紙を読んだのなら、可能であればヒュドラシアに来てほしい。多分だが王都のザンティアあたりにいることになるだろう。

俺達はお前らがこれからどうするつもりなのか、いちいち口うるさく意見するつもりはない。

こちらには来ずに、どこかで平和に暮らしてもらうって選択もありだと思う。

ただできるなら……顔を見せに来てくれると嬉しい。

俺達が未熟なせいでひどい目にあったお前達からすればふざけんじゃねぇと思うかもしれないが、それでももう一度顔を見たい。

……へっ、らしくないことを言っちまったな。

まあなんにせよ、一度遊びに来いよ。ヒュドラシアは観光する分にはいいところだぜ。権力闘争や足の引っ張り合いで内側はドロドロに腐ってるが、見てくれだけなら綺麗な場所だからよ』

この手紙を読んだ俺達は顔を見合わせる。

二人の間に、言葉は要らなかった。

次に行く場所はヒュドラシア王国だ。
そこに——カムイ達がいる。

第五章　ヒュドラシア王国

俺達はカムイの手紙を見てからすぐに、領都ベグラティアを後にすることにした。

そこから先はひたすら昼夜を問わずに東に駆け続け……そして半月ほど移動に時間を費《つい》やし、ようやくヒュドラシア王国へ入ることができた。

そして更に半月ほどヒュドラシアの中を移動することで、ようやく王都ザンティアへとたどり着くことができたのだった――。

「うわぁ、これはすごい……」

「ふわぁ……」

俺達はザンティアの光景に圧倒されていた。

まず入ってすぐに感じたのは、人口密度の高さだ。

ベグラティアは大通りに人が集中している形だったが、ザンティアは都市全体が人だらけだ。

その分だけ活気があるということでもあり、さほど気温は高くないはずなのに人の熱気で少し暑かった。

一面見渡す限りに人の姿が見えている。

にもかかわらずベグラティアで感じていた汚水の匂いがまったくしない。

どうやらここでは上下水道がしっかりと整備されているらしく、魔具を使って効率的に処理をすることで、ゴミが社会問題にならないように配慮《はいりょ》がなされているらしい。

別に罰則があるわけではないが、ポイ捨てをしただけで周囲からものすごい白い目で見られることになるようだ。

（ちょっと日本っぽいというか……いや、古代ローマとかの方が近いのかな？）

街並みは全体的に白くごちゃごちゃとしている。

コンクリートを使い成形されたコンドミニアムのようなタイプのアパートが大量に建ち並んでいるからだろう。

その間にちょいちょい石製の家屋が見えるのは、前世で言うところの富裕層向けの一軒家か分譲マンションかという違いだったりするのかもしれない。

「さすが魔導大国、ヒュドラシアって感じだね」

「私は来るの初めてだけど……ベグラティアより明らかに栄えてるわよね」

ラーク王国とヒュドラシア王国は、表向きは友好な関係を維持することができている。

ただ国力でいうと、ヒュドラシア王国の方が圧倒的に高い。

その理由はそもそもの魔法技術の差と、何より付与魔法という血統魔法があることが大きい。

付与魔法の使い手は王族に限られるけれど、傍系《ぼうけい》の公爵家なんかから発生することも多いらしく、その使い手は両手では数え切れないくらいには存在している。

彼らが作る魔道具や魔具は王国の一大産業として、王国の屋台骨を支えているのだ。

（果《は》たしてその中の一員にアリサがなるのかはわからないけど……まずはカムイ達を探すことからかな）

軽く情報を集めることにしてみると、実にあっさりと目的は達成できた。

二人とも自分達の居場所を隠す気がないようで、カムイとメルは現在、ザンティアの中央部にあるマインツブルク城の中にいるらしいとわかったからだ――。


色々考えた結果、そのままマインツブルク城に向かうことにした。

ザンティアでコネを作ってなんとか渡りをつけて……なんて悠長なことをしている暇《ひま》がもったいないし。

やってきた城は、跳ね橋を使った水堀のある城だ。

しっかりと門を開いてから橋を下ろさないと中へ入ることができない造りになっている。

ノーアポでいきなりの吶喊《とっかん》をした結果、当然ながら門番には訝《いぶか》しげな顔をされることになった。

「あのー、できればカムイさんかメルさんにお目通りをお願いしたいのですが……」

「……なんだ、貴様らは？」

門番の男は三十歳くらいの、鎧を着込んだ男だった。

彼がこちらを睨《にら》む顔には妙に見覚えがある。

こちらを格下だと舐《な》めている、兄達から何度も向けられたあの表情だ。

「僕達は彼らの関係者です。この手紙を見てもらえれば……」

カムイが家に残していた手紙を渡そうとするが、その反応はかんばしくなかった。

こちらを明らかに見下した様子の男はふんっと鼻息を吐き出すと、

「こんなもの、なんの証明にもならん！」

と思い切り俺の手を叩いたのだ。

衝撃で手からこぼれ落ちた手紙が地面に落ちる。

拾い上げようとしゃがみ込むと、男は俺の目の前でぐりぐりと踏《ふ》みつけた。

白い手紙が土に汚れ、くしゃくしゃになっていく。

それを見て、俺の中の何かがブチリと切れる音がした。

「メル王女の関係者を騙《かた》る不届き者め……ちょっと詰《つ》め所《しょ》まで来い！」

彼がこちらに手を伸ばしてくる。

その体捌《たいさば》きからわかっていたが、大した実力者ではない。

相手の腕をひらりとかわし、そのまま捻《ひね》り上《あ》げる。

「い、いでででででっ!!」

「こっちは話を聞いてほしいだけなのに、その態度はないいんじゃないですか？」

「ちょっとクーン、落ち着いて！」

自分でも頭に血が上っているという自覚はある。

だが目の前でたった一枚の便りを汚されて平気でいられるほど、俺は人間ができていない。

腕ひしぎの形で拘束を続けていると、異常に気付いた兵士達がぞろぞろとやって来た。

そこまで来ると、このままではマズいと流石《さすが》にわかった。

冷えてきた頭で彼らに事情を説明すると、兵士達の中にカムイの筆跡を知っている人がいた。

彼が太鼓判《たいこばん》を押してくれたことでようやく警戒を解《と》くことができたのだった。

【side　カムイ】

「ふうぅ……」

着けている兜《かぶと》を取り、机の上に下ろす。

今の俺が身に着けているのは、魔導金属であるミスリルを使って作られた全身鎧だ。

軽さと耐久性を両立させたこの装備は、騎士の中でも限られた人間しか持てないほどに高価な逸品《いっぴん》である。

部下達からはうらやましがられることも多いが、着ている側の俺からするとそこまでいいもんではない。

軽いって言っても革鎧よか重いし、全身鎧なせいもあり関節のあたりの動きをどうしても阻《そ》害《がい》するからな。

身軽な軽装と比べればどうしても機動力は落ちるし、兜を着けてると視界も狭まって窮屈《きゅうくつ》なことこの上ない。

まあ最初のうちは違和感があったが、それにももう慣れてきた。

「しっかし、俺がまた騎士団長になるとはな……まあ予備役だけど」

現在の俺の立場は、五年前の戦争で半壊した紫鳳《しおう》騎士団の団長だ。

騎士団とはいっても先の戦争で主要なメンバーはほぼ死んでおり、再建すらままならない状態の不良在庫みたいなもの。

団長とはいってもほとんどお飾りみたいなもんで、たまに新兵の面倒を見ること以外はやることもない閑職である。

ヒュドラシアの人間からしても、俺の立ち位置を計《はか》りかねているってことなんだろうな、多分。

ただ帰ってきた王女であるメルの夫ってことで、最低限立場は与えとかなくちゃいけないってわけだ。

「あー……しんど」

俺は堅苦しいものが嫌いだ。

騎士としての役目を押しつけてくる上司をぶん殴ったことは一度や二度ではないし、騎士としては大いに問題児だった。

俺が強くなければ、今もこうして生きていることはできなかっただろう。

嫌いなものは他にもある。

ていうか、この世のしがらみ全てが嫌いだ。

それら全てから距離を取ることができるよう、俺は騎士としての立場を捨ててメルと駆け落ちをした。

だっていうのに今は、自分が捨てた国に再び身を寄せ、こうして似合いもしない団長なんて立場についている。

なんでこんなことをしているかと言えば、当然ながら我が子達のためだ。

ヒュドラシアは魔導大国であり、魔道具を用《もち》いて形成されている諜報網《ちょうほうもう》のおかげでどこよりも早く情報を得ることができる。

あいつらを探し出すためには、ここに来るのが正解だ。

自分の選択が間違っていたとは思わない。

「しっかし、あれから一年か……」

クーンとアリサの情報は、未《いま》だにまったくと言っていいほどに集まっていなかった。

あいつらが活動していれば情報くらいはあっさり手に入るかと思ったんだが、なかなか上手くいかない。

あのテロリスト達の背後関係はおおよそ摑めているが、肝心《かんじん》のクーン達の情報はまったく収穫なしだ。

まあ便りがないのがいい便り、ということではあるんだけどな。

もしクーン達が活動するのなら、追っ手に気付かれないように隠密行動を取っているはずで

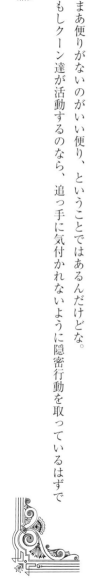

はあるし。

今どこに居るか、その足取りくらいは掴めてもいいと思うんだが……何せ世界は広い。最果《さいは》てと言われるパラディーソあたりに飛ばされていれば、こっちに来るまでに数年はかかるだろう。

焦《あせ》りは日々強くなるばかりだ。

以前はあれほど楽しんで飲んでいた酒も、ここ最近はとんと飲んでいない。

楽しくない酒は飲まない主義だからな。

あいつらは元気にしてるだろうか。

家に置いてきた手紙は読んだだろうか。

読んだのなら、ヒュドラシアまで来るだろうか。

それとも俺達に愛想を尽かして、どこかへ行ってしまったんだろうか。

（もしかすると、もう二度と会えないんじゃゃ……いや、こういう考え方は良くねぇな）

不安がないといえば嘘《うそ》になる。

正直気が気じゃないって言ってもいい。

こんなことになっちまったのは、間違いなく俺の責任だ。

メルは力はあるがガチガチの箱入りだし、本当なら俺がきっちりと見ていなくちゃいけなかった。

国を出る時は、もっと強く警戒をしていたはずだった。

だがラーク王国の中に大して強い人間がいなかったことや、国を出てから一度も襲撃がなかったことで、完全に気が緩《ゆる》んでいた。

権力者の間で繰り広げられる争いがどれだけ醜《みにく》いものなのか、俺はよく知っているはずなのに。

これだけなんの便りもないとなると、不甲斐《ふがい》ない俺達を見限ってどこかへ行ったたってのも十分に考えられる。

俺自身、家出同然で実家を出た人間だから、親への不満ってのはよく理解ができる。

俺としては、あいつらが幸せに過ごしてくれたのならそれでいい。

ただやはり、一度くらいは顔を見せてほしい。

そう思ってしまうこの気持ちが、親心ってやつなのかもしれない。

年は取りたくないもんだぜ、本当に。

今日も最低限の仕事はしたし、メルにでも会いに行くか。

そんな風に考えている時のことだった。

外からガシャガシャとうるさい音が聞こえてくる。

鎧を着込んでいる誰かが、こちらに走ってきているのだ。

「団長、今大丈夫ですか？」

「おう、どうした」

やって来たのは俺のことを慕《した》ってくれている部下の一人、騎士見習いのショウだった。

生真面目すぎるのが玉《たま》に瑕《きず》だが、基本的にはいいやつだ。

「団長の関係者を名乗る人間が王城までやってきております」

「関係者……？　そいつらはもしかして二人組かっ⁉」

テーブルに手をつきながら、前のめりに立ち上がって問いかける俺を見たショウがびくっと身体を動かす。

「は、はい。ということはやはり、本当に……？」

「ちっ、こうしちゃいられん！　先に行くぞ！」

「わっ、ちょ、待ってください団長！」

俺は急ぎ窓から飛び降り、最短距離で王城の前まで向かった。

ショウを置き去りにして城門までたどり着いてから、団長権限で警備兵達に跳ね橋を下ろさせる。

紫鳳騎士団は実質活動休止中なので大したことはできないお飾りの団だが、それでも六つしかない王国の騎士団長という肩書きには力がある。

若干ごたつきはしたが、問題なく跳ね橋が下りる許可が出た。

ゆっくりと下がっていく橋のそのあまりのとろさに我慢ならなかった俺は、坂のようになっている跳ね橋を強引に上っていき、そのまま飛び上がった。

そこには、ローブを着ている魔法使いらしき二人の人物の姿がある。

何度も夢に見たその顔を、今更見間違えるはずがない。

以前と比べるとずいぶんと大きくなったように見える、二人の姿を見て、気が付けば俺は叫んでいた。

「――アリサ！　クーン！」

◆　◆　◆

中へ案内されることになり、腹の底まで響くような銅鑼《どら》の音が鳴らされた。

すると跳ね橋がゆっくりと動き出し、天に向けてそそり立っていた橋がゆっくりとこちらへ架けられる。

歩き出そうとしたところで、あちらに人影がいるのが見えた。

橋が架かりきる前に飛び出したその人の姿を見て、俺とアリサは言葉を失った。

「シッ！」

そこにいたのは――カムイだった。

いつも着の身着のままだった以前からすると考えられないほど堅苦しく見える金属鎧を身につけながら、鬼気迫る様子で下りている途中の橋を駆けている。

彼はぐぐっと足に力を溜めると、大きく跳躍。

俺達の前にまで飛んできたカムイが、その背筋を伸ばす。

久しぶりに見ると、別れる前と比べるとずいぶんとやつれているように見えた。

一年という期間は、決して短くない。

どこか年を感じさせる様子の彼を見れば、カムイも変わっているということは一目でわかった。

ただ見た目はずいぶんと変わっているが、こらえ性がないところは以前と何一つ変わらない。

カムイは俺達の方を見ると、何かを噛みしめるようにグッと唇《くちびる》を引き結んでいた。

俺とアリサが飛び出すのは、ほとんど同じタイミングだった。

そして俺達が駆けるより、カムイがこちらに飛んでくる方がもっと早かった。

「――アリサ！　クーン！」

一年ぶりに触れるカムイの腕は、相変わらず力強かった。

以前ならそのまま押し倒されたかもしれないけど……今の俺は、あの時とは違う。

恐らく無意識のうちに身体強化を発動させているカムイの抱擁を、気力を使ってしっかりと受け止める。

「久しぶり――父さん」

「……おお、久しぶりだなクーン。どうやら強くてデカい男になったみたいじゃねぇか……流石は俺の息子だ」

カムイはそう言って、にかっと笑う。

その瞳《ひとみ》が少し潤《うる》んでいて、思わず俺の方も鼻の奥の方がツンとした。

カムイは回していた腕を戻し、グッと二本の足で立つ。

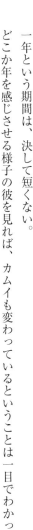

そしてそのまま右にいるアリサの方を向いて、その肩をぽんぽんと叩いた。

「アリサの方は……なんだかずいぶん落ち着いたな」

「大人のレディーになったのよ」

「レディー、ねぇ……」

「何よ？」

「いや、なんでもねぇさ」

改めて抱き合うアリサとカムイ。

二人とも自分の顔が相手に見えないようにしながら泣くのを我慢しているんだから、なかなかの似たもの親子だと思う。

こうして俺達は無事、一年ぶりに再会することができたのだった。


話したいことは色々とあったけれど、ここは王城の入り口だ。

往来《おうらい》の目もあるしずっと話し込むわけにもいかないので、とりあえず王城の中へ入ることになった。

「メルの方は今、離宮のうちの一つを使ってるんだ。案内するぜ」

道中軽く説明を受けたんだけど、どうやら現在カムイはヒュドラシア王国に六つある騎士団のうちの一つ、紫鳳騎士団というところの団長をやっているらしい。

最初はカムイの冗談かとも思ったが、通りがかる騎士達の態度を見ているとどうも本当のようだ。

「カムイって元々かなり貴族の出だったりするの？」

「いや、普通に平民だぞ。ただ前は一応、白金《しろがね》騎士団っていうところのナンバースリーだったからな。責任ある立場が嫌で、そこから先は辞令全拒否で茶を濁《にご》してたけど」

カムイの家族ということで顔パスで入れるらしいが、中には明らかに嫌そうな顔をしている人もいた。

血筋的にはアリサもヒュドラシア王国の王族になるはずなんだけど、彼女のことを知っている人はほとんどいないらしく、彼女の方も結構キツめに睨まれていた。

前だったらいちいち噛みついていたかもしれないけど、ラカント大陸ではよくあることだったので、気にせず流している。

その様子を見て、カムイが驚いていた。

「子供の成長ってのは早いねぇ。そりゃあ俺も年を取るわけだ……ほら、ついたぞ」

案内されたのは、王城の右側にある花のつぼみのような見た目をした家屋だ。

王城から少し距離のあるこの場所はカヅラ離宮といい、本来であれば国賓などに滞在してもらうための場所らしい。

中の空間は二つに仕切られていて、手前側には小さな庭園と、来客をもてなすためのテーブルなどが並んでいる。

仕切りのある奥の空間が、居住スペースになっているらしい。

「ちょっと待ってな」

カムイが奥に入っていくと、ドタバタと大きな音が聞こえる。

そして一分もしないうちに、ドアを開いてメルがやってきた。

「アリサ！　クーン！」

現れたのは、以前と変わらないように見えるメルだ。

ただよく見ると服がなんだか高級そうなドレスに変わっていて、カムイ同様その顔からは疲れが見える。

ずいぶんと心配させてしまっていたのかもしれない。

そんな風に思っていると、ギュッと抱きしめられる。

ふんわりと香るお日様の香り。

一年前と変わらない、メルの匂いが鼻腔《びこう》をくすぐった。

「二人とも……ホントに良かったわ……」

身体を震わせているメルの肩を、そっと支えてあげる。

たったそれだけのことで、メルの震えはもっと大きくなった。

「――もう二度と会えないんじゃないかって思ってたわ」

「どうしてそうなるのよ⁉」

「そりゃあ……俺達が不甲斐なかったからさ」

気付けばメルの隣に立っているカムイが言う。

彼は少しだけ身を屈《かが》めて、俺達を抱きしめているメルと同じ視線の高さになった。

「俺がもっと気を張ってりゃあ、あんな襲撃くらいなんとかできたはずなんだ」

「私も同じ気持ちよ。この一年、あの時のことを何度も思い出しては、後悔してばかりいたの」

「だからメルと話してたんだよ、愛想を尽かされても仕方がねぇってな」

思わず言葉を失った。

あの時に一番ダメだったのは、襲撃者を察知して咄嗟《とっさ》に反応できなかった俺だ。

あそこで即座に空にエクスプロージョンを放ってカムイ達を呼んで後は時間稼ぎに徹《てっ》していれば、もっと違う未来になっていただろう。

少なくとも二人が思い悩むようなことはなかったはずだ。

「そんなこと、あるはずない！　だって……」

二人の顔を見た俺は、けれど言葉に詰まってしまった。

後悔を隠しきれないその表情を見れば、いくら正論を並べ立てても意味はないと思ったからだ。

ゆっくりと深呼吸をして頭を冷やす。

前世の年齢も足せば、俺はカムイやメルよりも年上だ。

年長者の俺が落ち着かなくてどうする。

俺は少し考えてから、するりとメルの腕から離れ、顔を俯《うつむ》かせている二人のことを後ろから抱きしめた。

驚きで目を点にしている二人に向けて笑いかける。

今必要なのはきっと何十何百という言葉じゃなくて……。

「父さん、母さん。一年間頑張ってきた子供達が帰ってきたんだ。だから色々と話をする前に、まずは言うことがあるんじゃない？」

俺の言葉に二人は顔を見合わせてから、こくりと頷《うなず》き合った。

そしてこちらを向いて、

「「お帰りなさい」」

それから俺達も顔を向かい合わせて、

「「──ただいま‼」」

団子になって抱きしめ合ううちに、ここに来るまでに感じていた不安や後悔なんかがドッと押し寄せてきた。

けれど心の中でわだかまっていた負の感情を、再会の喜びがかき消してくれる。

カムイとメルは、顔をくしゃくしゃにしてボロボロと泣いていた。

アリサはわんわんと大泣きしていたし、気付けば俺の目からも涙が溢《あふ》れてきた。

俺達は一年ぶりの再会を喜び合い、全員が泣き疲れるまでずっと側に居続けたのだった──。

それから俺達は、色々な話をした。

ここに来るまでにどんな人と出会い、どんなことがあって、一年という期間を過ごしたのかという話だけじゃなく、カムイ達はどんな風にして俺達のことを探そうとしてくれていたのかといった話もである。

あの堅苦しいのが嫌いで国を出たカムイが、それでも情報を集めるためにヒュドラシアに戻った。

それだけでどれだけ本気で探そうとしてくれていたのかがわかるというものだ。

「そろそろ良い時間ね……お昼ご飯をお願い」

メルがベルを鳴らしてからそう告げるだけで、離宮で働いている使用人達がきびきびと動き出す。

「母さんって、本当に王女様なのね」

「いやだもう、からかわないでよ」

頬《ほお》に手を当てながら少し恥ずかしがるメル。

言っているアリサの方には、自分が王族であるという自覚はなさそうだ。

しかし、こうなると俺の場違い感がすごい。

騎士団長と王族二人と私。

歌にしても流行《はや》らなそうだ。

どんどんと並べられていく料理を平らげていく。

流石王族のご飯というべきか、使われている食材がいちいち高級そうだ。

肉は加工肉なんじゃないかってくらいサシが入っているし、添えられている果物も品種改良された現代日本のブランドフルーツばりに甘くて美味しい。

「ふぅ……それじゃあちっと、真面目な話をするか」

つまようじのような小さな木の棒を使いながら、カムイが真面目そうな顔をした。

それに合わせてメルが使用人の退出を促《うなが》す。

更に風魔法を使い、声を漏《も》らさないようにする徹底ぶりだ。

「俺達の今後についての話をしよう」

当然ながら俺とアリサにカムイ達と別れるつもりはない。

なので話し合いは、全員でまた一緒に暮らせるようにするためにどうすればいいかということについてだ。

「つっても主にメルとアリサについての話になるがな。メルは現在ヒュドラシア王国の王女としての身分は捨てているが、その父は現ヒュドラシア国王であるカルロス五世。つまり王国法でいうと、アリサには王位継承権が発生しているわけだ」

「父さ……陛下は子供も親戚もたくさんいるから、継承権としては三十番目くらいだけどね」

「一年前の襲撃は、そんなアリサを狙い撃ちにしたものになる。可能性が高いのはアリサより王位継承権の低い王族の誰か……もしくはアリサが将来的に障害になると思っている王族の誰かだ。ただ俺達の調査である程度候補は絞《しぼ》れている。現在一番可能性が高いのは、王位継承権第三位であるフリードリヒ王子だ」

フリードリヒ王子はこのままでは王位を継げる目がかなり低いらしく、他の候補者達の力を削《そ》いだり実績を作ったりしながら、なんとか上二人の王子を蹴落とせないかと躍起《やっき》になってるらしい。

これは噂《うわさ》レベルの話だがと前置きをした上で、カムイが言う。

「王位を継ぐためになら手段を選んでねぇから、後ろ暗い組織や他国とのつながりもあるって話だ」

その話を聞いて、俺は一つピンと来たものがある。

俺達を指名手配犯として探させていたのは、ゴルブル帝国第二王子であるザンタークだった。

ひょっとするとフリードリヒとザンタークは、裏でつながっているのかもしれない。

アリサを転移の魔道具で他国に飛ばすというのに違和感があった。

もしその力を使おうとするのなら、なんとしてでも捕らえようとするはずだからだ。

だがなりふり構わないフリードリヒがやっている強引な手法のうちの一つと考えればそうおかしいものでもない気がする。

死ねば王位継承者が減るし、死なずに捕まえることができれば利用価値がある……といった具合に。

「それなら母さんとアリサの身の振り方を考えなくちゃいけないよね」

「ああ、俺としてはまた下手に出るより、王国に留まり続けた方がいいと思っている。危険も大きいが、この王城の中でなら一矢報《いっしむく》いられる可能性があるからな。もちろんアリサの気持ち次第だとは思ってるが」

「私、私は――もしできるのなら、王国にいたいと思ってるわ。この力から逃げるんじゃなくて、きちんと向き合うって、そう決めたから」

「アリサ……」

感じ入りやすくなっているのか、泣きそうになっているメルがハンカチを目に当てた。

「それならしばらくの間は様子見をしながら仲間作り、それから勢力の基盤固めをする必要がある。メルの父親である公爵家を頼ってもいいし、自分の派閥を新たに興《おこ》すのもいいだろう。後ろ盾を作ったりする必要はあるだろうが」

「母さん、俺はどうするのがいい？」

「アリサの執事……いや、懐　刀《ふところがたな》あたりに収まるのが妥当かしら。いざという時に物を言うのはやっぱり強さだからね。派遣できるボディーガードくらいになっておけば、他派閥に睨みも利かせられるかも」

アリサは王族として、自分の持つ付与魔法と向き合うと決めた。

そんな彼女の覚悟を汚されることがないよう、俺はこの力を振るおう。

アリサの障害として立ちはだかろうとするのなら、どんなやつでも排除してみせる。

たとえそれが――貴族や王族だったとしても。

というわけでとりあえず今後の方針は決まった。

善は急げという事で、俺達は早速動き出すことにした。

もう二度と、離ればなれになることがないように——。

ヒュドラシア王国は魔導大国という二つ名に恥じぬだけの大国だが、その分内情もかなり複雑になっている。

現在のヒュドラシアには、大きく分けると三つの派閥が存在している。

まず一つ目は王位継承権一位を持ち、高い内務の処理能力と政治的視野を持ち、内務官として活動をしているペルセル第一王子率いる門閥貴族による派閥だ。

中でも最も多い人員を誇っている多数派であり、多数の魔導師を抱えている。

そしてペルセル自身類《たぐ》い稀《まれ》なる魔法の才能を持ってもいるため、文官と魔導師の多くはこの派閥に属している。

二つ目は、ガゼル第二王子率いる武官派閥だ。

彼らは勢力としては第一王子の派閥に劣《おと》るが、その分だけ武力に優れている。

武官という生き物は古今東西、平和な治世では割を食うことが多い。

ここ数十年の間戦争らしい戦争のないヒュドラシアでは、彼らの肩身は年々狭くなっていた。

そこを竹を割ったような性格でありながら、本人が一騎当千の武人でもあるガゼル王子がまとめ上げたのがこの派閥である。

武官や騎士といった強力な身体強化の使い手達が集まっているため、純粋な武力だけで言うならペルセルに勝るだけのものを持っている。

またガゼルにはカリスマ性があり、彼の人柄に惹《ひ》かれている者達も少なくない。

その影響力は決して無視できぬほどに高まりつつあった。

そして三つ目が……第三王子であるフリードリヒ率いる、中道派を自称する派閥である。


「ふむ……あの子娘が、のこのこと顔を出したか……」

王城の一室に、一人の男の姿がある。

切れ長のアイスブルーの瞳に、うさんくさいピンと伸びたひげをはやす四十前後に見えるこの人物こそ、中道派の長であるフリードリヒ王子その人であった。

中道派の人間に、際だった特徴はない。

強いて言うのなら第一王子と第二王子の派閥に属さない者達が所属している派閥、ということになるだろうか。

フリードリヒ自体は、さほど高い能力を持っているわけではない。

ペルセルのような内政能力があるわけでもなく、ガゼルのようなカリスマと強さを持っているわけでもない。

ただフリードリヒは、強《したた》かな男だった。

恐喝、策謀、暴力を始めとした違法行為……表に出ればたちまち罪を問われるような非合法の行為を行いながら、あの手この手を使って派閥を大きくし続け、他の二派が無視できないような派閥を作り上げてみせている。

「ペルセルは欠片《かけら》も興味も示さんだろうが、ガゼルあたりは目を付けてもおかしくはない……まったく、面倒をかけてくれる」


彼が行っている非道行為には、現在ヒュドラシアにいない王族の暗殺も含まれている。

ラーク王国で暮らしていたアリサ達を狙ったのは、フリードリヒの指示によるものだった。

第三極と呼べる派閥を作ることに成功したフリードリヒだったが、その立場は非常に不安定なものに過ぎなかった。

向いている方向はそれぞれ違っており、彼らはフリードリヒに臣従《しんじゅう》せざるを得ない状況にいるに過ぎない。

そんな現状に、彼は日々焦りを募《つの》らせていた。

フリードリヒには、いざという時に頼れるような後ろ盾はいない。

彼がやらなければならないことは多岐《たき》にわたっており、完全に人手が足りていない状態だ。

アリサを狙った杜撰《ずさん》な暗殺と捕縛《ほばく》が行われたのもそのためだった。

「なんとかして時間を稼ぐ必要があるわけだが……」

西にあるラーク王国に国力で圧倒しているにもかかわらず未だ併呑《へいどん》が行われていないのには、当然ながら理由がある。

ラーク王国と隣接している領地を治めるパルテナ辺境伯は、ガゼルの紐付きの人間であるためだ。

ラーク王国への征伐《せいばつ》が行われ成功してしまえば、当然ながら領地を接している辺境伯が武功を上げることになる。

そうなればガゼルの立場はますます強くなり、フリードリヒは更なる窮地《きゅうち》に追い込まれることになる。

なのでラーク王国への遠征を可能な限り引き延ばし、その間に他二人の王子の影響力を削ごうと、フリードリヒは躍起になっていた。

「あの小娘は邪魔だな……そうだ、確かマルセルでスタンピードが起こっていると聞いたな……」

フリードリヒは、猜疑心《さいぎしん》の塊《かたまり》のような男だった。

本来王位継承レースに立つことのない自分が第三極を作ることができたのだから、他の人間が同じようなことを考えてもおかしくはない。

彼からすれば自分と同じ王族というのはその全てが潜在的な敵であり、排除すべき対象であった。

たとえそれが、突如《とつじょ》として現れた新参の王族だったとしても。

「とりあえず魔物の数を削《けず》るのに役立ってもらうとしよう。カムイは一騎当千の人材と言えど、一人でできることには限界があるからな……クックックッ」

やらなければいけないことが多く、さして重要でもないアリサ達の情報を十全に揃えることをしていなかった彼は、当然ながら知らない。

アリサ達の中で戦えることができる人間は、カムイだけではないのだということを――。

アリサは思っていた五倍くらいあっさりと、ヒュドラシアの王族として受け入れられることになった。

彼女が付与魔法を使っているところを見せれば、一発オーケーだったらしい。

ちょっとガバガバすぎる気もしたけど、たしかに付与魔法は偽装しようもないし、そういうものなのかもしれない。

ちなみに俺がアリサの護衛として雇われるのも、わりとスムーズに認めてもらうことができた。

俺の身分やら実力やら詳しいところを探られるのかとも思ったがそんなこともなく、アリサとメルの鶴の一言が効いたらしいようだ。

メルの実家のご威光のおかげもあるらしいから、今度会うことができたらしっかりとお礼を言わなくちゃいけない。

さて、そんな風に波風を立たせることもなく好調なスタートを切ることができたかに思えたアリサだったが、彼女は王城で生活し始めてから大して間を置かずに、祖父である現ヒュドラシア王国国王カルロス五世に呼び出されることになった。

その内容は、王国南部に位置しているマルセルの街の救援に向かえという王命であった。

ヒュドラシア王国において王族とは、ただ庶民から集めた血税を使って王城でふんぞり返っているだけの存在ではない。

王族には、民を守るだけの強さが求められる。

そのためもし危難が起きた際には、自ら率先《そっせん》してその身を民を守るために投じなければならないのだ。

王族として自分の血を受け入れると決めたアリサは、当然ながら王命を受けることになった。

こうして俺達はマルセルの防衛任務にあたるため、急いで現場へ急行することになったのだ――。


「ほう……こりゃあすげぇなぁ」

そう呟くカムイがいるのは、俺が土魔法で作った即席の物見櫓《ものみやぐら》の上だ。

高い場所から彼が見下ろすその視線の先には、完全に包囲されつつあるマルセルの街の様子が見えているはずである。

気になるので、俺も見に行くことにした。

土魔法を使い地面を盛り上げていき、カムイの隣にもう一つ即席の櫓を作る。

一気に高くなり広くなる視界。

一望できる景色の中には、たしかに驚くほど大量の魔物の姿があった。

巨大な一つ目の魔物であるサイクロプス。

全身鎧に怨霊《おんりょう》が取り憑《と》《つ》いて生まれるとされるリビングアーマー。

下半身が八本の蛇で構成されているスキュラ。

種族や強さに関係なく、とにかく大量の魔物が今回俺達が向かう先にあるマルセルの街の城壁に殺到していた。

数は数百……いや、四桁は余裕でいってるな、あれは。

魔物はどんどんと増えてきているらしく、森のある方角から続々と魔物がやってきているのがわかる。

城壁に取りつくことができていない魔物達の姿も多く、魔物同士で争い合っているような光景も見ることができた。

(街の中から火の手は上がっていないのは幸いかな)

まだ距離が遠いため、詳しい様子までは見えない。

気力を使い視力を上げて、城門の詳細な様子を確認することにした。

すると魔物を相手に応戦している金属鎧の衛兵達や、革鎧を身に纏《まと》った冒険者らしき人達の姿がズームになって見える。

戦闘は未だ継続中。

襲われてから既《すで》に二週間近い月日が経《た》っているはずだが、なんとか間に合ったようだ。

「――よっと！」

一通り確認を終えたらしいカムイが、櫓から飛び降りる。

俺も少し遅れて着地して、ゆっくりと立ち上がる。

ここにいるのは、今回王命でマルセルの街の防衛を言い渡されたメンバー……具体的に言うとメルとアリサ、そして俺とカムイが率いているという紫鳳騎士団のメンバーである見習い騎士が十二人。

この二十人に満たないメンバーで、俺達はなんとか防衛任務をこなさなければならない。

これがアリサの王族としての初仕事になる。

泥《どろ》をつけるわけにはいけないので、あっちの士気が崩壊する前に急いで救援に向かう必要があるだろう。


「見たところ魔物は強いやつでもBランク程度、Aランククラスの化け物は片手で数えられるほどしかいなかった」

魔物の数は軽く四桁に到達するほどに多く、魔物同士戦っているせいで街を襲っている個体はその戦いで生き残っている強力な個体ばかりだ。

これを殲滅《せんめつ》するなら、万全な王国騎士団の派遣くらいは必須だろう。

急ごしらえで見習いしかいない紫鳳騎士団だけでは、到底不可能な任務だ。

紫鳳騎士団の人間の顔は皆一様に暗い。

彼らはカムイの強さを知っているはずだが、それでも不安を拭《ぬぐ》えない様子だった。

そんな様子を見て、カムイはハンッと鼻で笑った。

「まあ正直なところ――ここにいる面子《メンツ》で、余裕だな」

「そ、そんな適当な！　起こってるのはスタンピードなんですよ⁉」

カムイの世話係をしているショウという騎士見習いの人が、信じられないといった様子で叫んでいる。

今回起こっている魔物の大量発生は、スタンピードと呼ばれているものだ。

捕食者である魔物が絶滅して大量に生まれた魔物が本来の生息圏を飛び出したり、長年放置されていたダンジョンから溢れ出したりすることで発生することが多い。

今回の場合は前者になる。

恐らくマルセルの西にあるラージュ大森林の中でなんらかの生態系の変化が起こり、結果として魔物が大量に発生するようなことになったのだろう。

まあ起こった理由を気にするのは後でいい。

俺達がすべきことは、今も街を襲っている魔物達をなんとかすることだ。

「俺達ならできる……だろ？」

カムイが腰に提《さ》げた剣の柄に触れながらこちらを向く。

俺が黙って頷くと、バシリと肩を叩かれた。

「うふふ、全力を出すのなんていつぶりかしら」

「腕が鳴るわね」

地鳴りのように聞こえてくる魔物達の足音を聞いてなお余裕を崩さないメルとアリサ。

俺達の様子を見た紫鳳騎士団の団員達が、信じられないものを見るような目でこちらを見つめている。

「いよぉし、そんじゃまあ……いっちょ派手にやるか！」

「「「おおっ‼」」」

俺達は事前に立てていた作戦通り、そのまま街の後ろに待機している魔物達へ奇襲をかけるのだった——。


スタンピード。

それは火災や台風、土石流などと同じく天災として扱われる災害の一つである。

ラージュ大森林で起こったスタンピードは、マルセルで暮らす人々を絶望のどん底に叩き込むのに十分な報《しら》せだった。

マルセルの街は交易で栄えてこそいるものの、抱えている兵数がさほど多いわけではない。

街に常駐している兵士達と招集した冒険者達を合わせても、その数は二百に満たないほどの数しかいない。

彼らは街の人々を守るため逃げることもできず、絶望的な防衛戦を続けていた。

「熱した油はまだか！」

「矢が、矢が切れた！」

「何か投げられるものを持ってきてくれ！」

あちこちで怒号が飛び交いながら、兵士と招集された冒険者達はひたすらに魔物と戦い続けていた。

まずは安全な高所から矢や魔法などの遠距離攻撃を使い攻撃していき、魔物達が壁をよじ登り近付いてからは前衛の戦士達の役目だ。

弓使いや魔法使いの数はそこまで多いわけではないため何度も上に上がられることがあったが、その度に冒険者の男達が蹴散らして難を逃れることができていた。

完全に城壁を守るためには人員が足りず、ところどころにはこの街で暮らす一般人の男達の姿まで見えている。

家をバラして用意した煉瓦などをひたすらに投げている様子の彼らは鬼気迫る様子で戦い続けている。

「ぐあっ！」

「ベックがやられた！　後ろに連れてけ！」

マルセルの城壁はそれ自体が魔道具化されており、かなりの堅牢《けんろう》さを誇っている。

おかげでサイクロプスといった怪力の魔物の攻撃を受けてもなお、城壁は形を崩さずに留まっている。

けれどいくら城壁が無事であったとしても、防衛を担当する者達はそうではない。

怪我《けが》を癒《い》やすことができる回復魔法の使い手の数は少ない。

今こうして街の一般人が戦闘に参加しているのも、防衛戦当初にいた冒険者達がその数を大きく減らしていたからだった。

強度防衛のため士気は高いが、彼らはあくまでも素人。

どうしても完璧に攻撃を仕掛けることができず、そのフォローに回ることになる兵士達が割を食うことになってしまう。

戦う度に櫛《くし》の歯が欠けるように一人また一人と減っていく防衛の人員達。

対し魔物達は、倒しても倒しても終わりが見えぬほど大量に湧いてくる。

「ゴアアアアアアッッ!!」

「サイクロプスの存在進化だ！　仕留めるぞ！」

「「「――おうっ!!」」」

城壁外で直接魔物を蹴散らしていた男達が、リーダーの号令の下、叫び声を上げるサイクロプスを倒すべく周囲の敵を斬り伏せながら駆けていく。

彼らはこのマルセルの街における最大戦力であるBランク冒険者のケルペーと、彼が率いる『紫の鹿角《パープル・アントラー》』だ。

二週間近くにわたる連戦を切り抜けてなお、その瞳からは意志の炎が消えていない。

けれど歴戦の勇士である彼らの顔からは、明らかな焦りが見て取れた。

周囲の魔物を鎧袖一触《がいしゅういっしょく》で倒していく彼らがそれほどまでに焦っているということは、目の前で起きていることがそれだけマズいということだ。

――魔物には存在進化と呼ばれる現象がある。

他の生物を倒し経験を積んでいった魔物は、自身の存在をより強靱《きょうじん》なものへと生まれ変わらせることができるのだ。

スタンピードの被害が大きくなりやすい原因の一つが、この存在進化にある。

大量に湧き出してくる魔物は完全に統率されているわけではないため、魔物同士がぶつかり合うことも多い。

そのため大量の経験を積んで存在進化を行い、強力な個体になってしまうことがままあるのだ。

ゴブリンがホブゴブリンになる程度であればまだいいが、それをBランクの魔物であるサイクロプスが行えばどうなってしまうのか……『紫の鹿角』が自分達が怪我を負うことすら厭わずにサイクロプスの下へ向かっているところを見れば、明らかだろう。

彼らがやってきた時には既に、サイクロプスの身体は光を放ち、明滅を繰り返していた。

それこそが存在進化の兆候であり、これが収まったその瞬間、サイクロプスは強力な魔物へと進化を遂《と》げる。

「極刃斬!!」

「ファイアグレネード！」

「ウィンドバースト！」

強力な身体強化を使うことのできるケルペーが放つ飛ぶ斬撃を皮切りに、『紫の鹿角』の面々が発動準備を終えていた攻撃を次々と叩き込んでいく。

通常のサイクロプスであれば問題なく倒せるだけの連撃。

けれど……彼らがサイクロプスの体力を削りきるよりも、存在進化が終わる方がわずかに早かった。

「GAAAAAAAAAAAAAAAAAAAAA!!」

光が収まった時、先ほどまでは青色だったはずの体色は黒に変化していた。

咆哮《ほうこう》を上げながら無造作に腕を振る。

先ほどまではサイクロプス相手に優位に戦いを進めていたはずのケルペーはそれに反応することすらできず、思い切り吹き飛んでいった。

「リーダー！　くっそ、よくも……」

「やめろマリス！」

ケルペーがやられたことに激昂《げっこう》した魔法剣士のマリスが剣を振るうが、その一撃は持っている棍棒で容易《たやす》く受け止められる。

そして魔物が放つ一撃で、ケルペー同様吹き飛んでいった。

「なんて強さだ……」

「ば、化け物……」

サイクロプスが存在進化することで誕生する、サイクロプス・キュロゴス。

一つ目の黒き巨人の前に、Bランク冒険者パーティー『紫の鹿角』はあっという間に壊滅の憂き目にあった。

「GOOOOOOOOO!!」

サイクロプス・キュロゴスは『紫の鹿角』の残ったメンバーには目もくれず、一目散に城壁へと駆け出し始める。

そして城門から少し距離を離したところで、その足を止めた。

何をするかと思えば——サイクロプス・キュロゴスは足下にいる魔物達をそのまま力任せに蹴り上げ始めた！

魔物の生死すらも関係なく、ただひたすらに魔物を城壁へと蹴り込んでくる。

衝撃波で上にいる冒険者達は吹き飛ばされ、反対側に落ちていってしまった者が多数発生する。

すると当然ながら魔物に対応することが難しくなり……それだけ魔物の城壁への侵入を許してしまうことになる。

幸い、魔物の進撃自体はそこまで問題ではなかった。

なぜかと言えばサイクロプス・キュロゴスは敵味方を巻き込んで魔物を蹴り入れているため、上ってきた魔物達も人間同様まともに動くことができなかったからだ。

一番の問題は——ミシミシと軋みを上げている、城壁である。

先ほどまでビクともしなかったはずの城壁に、度重なる衝撃によってヒビが入り始めていた。

いくら魔道具であるとはいえ、Aランクモンスターであるサイクロプス・キュロゴスの攻撃を食らい続けることには耐えきれなかったのだ。

「も……もうダメだっ！」

「ちくしょう……カカァが待ってるってのに！」

その光景に、城壁の上にいる男達が絶望の表情を浮かべる。

それを見たサイクロプス・キュロゴスはにたりといやらしい笑みを浮かべていた。

魔物は存在進化をする度にその知性を増していく。

獲物をいたぶることに快感を覚える程度には、その知能は向上しているのだ。

サイクロプス・キュロゴスは城壁にいくつものヒビを作り壊れる直前の状態に追いやってから、のっしのっしと歩き始める。

それは城壁の上にいる者達の絶望の表情と、その命をぷちりと潰す瞬間の様子を、最も近くから観察したいという嗜虐心《しぎゃくしん》の表れだった。

城壁に取り付いた黒巨人が、大きく手に持つ棍棒を振り上げる。

その暴威が振りまかれたその瞬間、頼みの綱であった城壁は壊れ、魔物達が街の中へと流れ込んでしまうことだろう。

「だ、誰か……誰か助け――」

防衛戦の指揮を務めていた男は、涙を流しながら天を仰ぎ、助けを請《こ》うた。

それを見てサイクロプス・キュロゴスは三日月を形作るように口角を上げ――そしてそのまま視界がぐるりと一回転した。

「GA……?」

サイクロプス・キュロゴスは最初、自分に何が起こったのかまったくわからなかった。

自分が首だけになって浮かんでいることに気付いたのは、グルグルと回転する視界の端に直立したまま動かない自分の胴体を見ることができたからだ。

人々を絶望の淵に追いやったサイクロプス・キュロゴスの意識は、そこで途絶《とだ》えた。

一瞬のうちに倒された一つ目の巨人に、誰もが戦うことを忘れて動きを止める。

そんな彼らの視界の先には、トンッと軽い足取りで城壁の上に着地をした一人の少年の姿があった。

年齢は十代半《なか》ば頃だろうか。

あどけなさを残した顔立ちをしながらも、彼の握る剣は実用性重視の鈍《にぶ》い光を放つ真剣だった。

そしてそこにべっとりとついている血がサイクロプス・キュロゴスのものであることを、あの巨人に注目していた者達皆が知っている。

少年はピッと軽く血糊《ちのり》を飛ばすと、そのまま右手を周囲城壁に殺到している魔物達へと向ける。

瞬間、肌を炙《あぶ》るような強烈な熱気に冒険者達が思わず顔をしかめた。

そしてそれが目の前で魔物達を炙る強烈な炎の余波であることを理解し、その顔を青ざめさせる。

先ほどまであれほど手こずっていた魔物達が、あっという間に殲滅されていく。

よく見れば城壁を上ってきていたはずの魔物達も既に斬り伏せられており、そこには少年以外にも複数の人影があった。

「要請に応じ、救援に参りました！　ヒュドラシア王国王位継承権第三十一位のアリサ！　その一番の懐刀であるこのクーンがいれば、魔物程度恐るるに足らず！」

その瞬間、爆発が起こる。

先ほどまで自分達が苦戦していた魔物達が紙切れのように吹き飛んでいくのを見た者達が、声を上げる。

最初はまばらだった声は継ぎ目がなくなっていき、気付けば大歓声に変わっていた。

こうしてクーン達の救援が来たことによって、形勢が逆転する。

人間達による逆襲が始まるのだった——。


俺は自分の力がどこまで通じるのか試してみたかったこともあり、最初の一撃は魔法ではなく気力強化による一撃を使うことにした。

結果は上々。

事前に溜めを作るだけの余裕があったとはいえ、Aランクモンスターであるサイクロプス・キュロゴスを一撃で斬り伏せることができた。

「やるじゃねぇか」

サイクロプス・キュロゴスを仕留めた斬撃を見たカムイがそう口にするのを、俺は聞き逃さなかった。

王城の近くであまり派手に戦うわけにもいかないので、ラカント大陸での修行の成果を見せるのはこれが初めてだ。

どうやら期待を裏切らない程度には強くなれているようで、思わず口許《くちもと》がにやけてしまう。

――っと、そんなことをしている余裕はない。

一等強力な魔物を倒したとはいえ、魔物の数はまだまだ数え切れないほどに多い。

これ以上の被害を出さないためにも、俺達が気張らなくちゃいけないのだ。

（エクスプロージョン！）

無詠唱で発動させる上級魔法のエクスプロージョン。

指定した点を中心にして巨大な爆発を起こす強力な火魔法だ。

ＴＮＴ爆薬やダイナマイトなどの爆発をイメージしながら使えば、その破壊力は本来とは比べものにならないほどに上昇する。

俺が放った魔法が数十の魔物をバラバラに吹き飛ばしていく。

光景的にはかなりスプラッターだが、上がるのは悲鳴ではなく歓声だ。

今は打ち漏らしを気にする余裕はないので、とりあえず人側に被害が出ないように気を付けながらとにかく魔物達を魔法で蹴散らしていく。

これだけ派手にやれば逃げ散るかとも思ったけど、どうやらスタンピード中の魔物はより凶暴になっているらしい。

目の前で魔物が千々に吹き飛ぶのを見ても、攻め手を緩めるどころかその屍《しかばね》を乗り越えて先へ進もうとしてくる。

こちらとしては下手に逃げられて二次被害が出る方が嫌だから、助かるけどね。

「よーし、それじゃあ俺らも行くぞ。お前もやれるようになってんだろ？」

「――うんっ！」

カムイとアリサが、城壁を飛び降りて魔物の群れへと突っ込んでいく。

二人は俺の魔法の範囲から逃れると、少し離れたところに陣取った。

「よし、久しぶりに……ガチでやるかな」

笑いながら、首をコキッと軽く鳴らす。

そして笑みを深めると、カムイの全身からオーラのようなものが溢れ出した。

視界の端に捉えるだけで、思わず動きを止めそうになるほどの存在感があった。

気力を使えるようになり自分もある程度やれるようになったからこそ、改めてわかる。

やはりカムイは、とんでもなく強い。

剣を構えた次の瞬間、視界の端からカムイの姿が消えた。

そして瞬《まばた》き一つの間に再び現れる。

残心の姿勢を取っており、既に周囲に居た魔物達は斬り伏せられていた。

「すご……」

剣閃はおろか、体捌きすら見ることができない。

気付けば既に斬撃は放たれていて、そこに斬られたという結果だけがある。

彼の周囲にはみるみるうちに死体の山が築かれていった。

久しく見ていなかったカムイの本気を見て、胸の高鳴りが抑《おさ》えられない。

俺も負けていられないと、城壁目掛けて殺到してくる魔物達に岩石砲《がんせきほう》を打ち込み、凍らせ、かまいたちを伴《ともな》う爆風で切《き》り刻《きざ》んでいく。

少し離れたところにいる魔物達を狙うようにしているのは、この方が持ち味である魔力量に飽《あ》かせた魔法の連発の強みが活《い》きるからだ。

それに今の俺は、一人じゃない。

その背中を預けられる存在が、側にいてくれる。

「――だああっ！」

殲滅力で言うと、俺とカムイが圧倒的なことがわかっているからだろう。

アリサは少し膨《ふく》れながらも、俺とカムイの打ち漏らしをしっかりと仕留めていくことにしたようだ。

一見して派手さはないけれど、アリサも着実に魔物を倒していく。

この一年、各地で転戦を繰り返したことで彼女から慢心《まんしん》や傲《おご》りといったものは完全に消えていた。

表情は以前と変わらず豊かだけど、彼女は相手を侮《あなど》ることなく確実に処理をしていた。

「ウィンドバースト！　――怪我をした方はこちらへ、応急処置をします！　カムイはもう十歩右に！」

全体を見て戦局を俯瞰《ふかん》するのはメルの役目だ。

ひたすら魔物を倒していく俺達に適宜《てきぎ》魔法で声を伝え、全体管理を行っている。

城壁に取り付こうとする魔物を蹴散らしながら城壁にいる兵士や冒険者達に指示を飛ばし、同時に怪我をした人達の救護まで行っている。

彼女の広い視野がなければできないことだ。

「聖女様だ……」

「ありがたや、ありがたや……」

気付けばメルに、変な二つ名がつけられていた。

怪我人を見て回る度に、なぜかおがまれている。

中には涙を流しながら感謝している人までいた。

……まあ、実害はないだろうしほっといていいだろう。

メルや俺達の活躍のおかげで、防衛戦に参加している人達の士気は目に見えて上がっていた。

倒れていた人達も戦列に復帰したおかげで手数も増えている。

俺がアイテムボックスを使って用意した潤沢《じゅんたく》な支援物資を使い、倒しきれなかった魔物を城壁を上りきる前にしっかりと仕留めることができていた。

「待てよ、待て……今だ、打てぇっ‼」

紫鳳騎士団の面々も最初は慌てふためいていたが、落ち着いてからはしっかりと動いてくれていた。

見習いと言えど流石騎士なだけのことはあり、まとまりのない冒険者達にしっかりと指示を出して動かすことができている。

このまま行けば問題なく魔物の殲滅が終わりそうだ、と気を緩めそうになっていたところで、突如森がざわめきだした。

風魔法の索敵《さくてき》を使ってみると、どうやら森の中で何かが動いているようだった。

大きさは……かなりデカい。

サイクロプス・キュロゴスの倍以上あるぞ、これ……。

魔物の討伐《とうばつ》はある程度目処《めど》がついているので、城壁の下に降りて急ぎカムイ達と合流する。

森の奥から地響きと共に魔物が現れたのは、それからすぐのことだった。

「おいおい、なんだぁありゃあ……」

カムイの視線の先には――四本の足で立つ、巨大な龍の姿があった。

口から大きくはみ出している長い牙。

鋭利に尖《とが》り、湾曲している爪。

茶色い身体はかなりずんぐりむっくりとしていて、サイズに比して生えている翼はかなり小さい。

足を一歩前に出す度に揺《ゆ》れが生じるほどの巨体を見て、城壁の方からざわめきが聞こえてきた。

「ド……ドラゴン！　もう、おしまいだ……」

ドラゴンというのは、吸血鬼などと並びこの世界の最強の一画をなしている、魔物のうちの一種だ。

強靭な肉体に魔物に対して強力な抵抗を持つ鱗《うろこ》を持ち、あらゆる魔物を捕食する最強種。

ランクは測定不可とされ、倒した者にはドラゴンスレイヤーの称号が与えられるという、寓《ぐう》話《わ》や伝承などに取り上げられることも多い魔物である。

「どうやら今回のスタンピードの原因は、あいつらしいな……」

森の奥にやってきたドラゴンから逃げるため、魔物達が生息域を飛び出してきたというのが、今回のスタンピードの原因だったのだろう。

目の前の巨体は、信じられないくらい大きい。

あの巨体でそのまま飛び込まれたら、城壁なんかあっという間に壊されてしまうだろう。

俺が――いや、俺達がなんとかするしかない。

戦うための覚悟を決めていると、俺達の後ろにいつの間にか城壁から降りていたメルの姿があった。

「ドラゴン退治か……腕が鳴るな」

カムイはいつもと変わらず飄々《ひょうひょう》とした態度のまま。

ただよく見ればその頬は、興奮からか赤くなっていた。

「相手にとって不足なしね！」

アリサは強敵を前に武者震《むしゃぶる》いをしている。

俺はわりとビビっているというのに、彼女の方はまったく怖がっている様子がない。

自分達なら勝てると、心の底から信じ切っているようだった。

「あれはアースドラゴンね。飛行能力はさほど高くないから、私達と相性はそれほど悪くないはずよ」

メルはおっとりとしながら、頬に手を当てて首を傾《かし》げている。

彼女は前にいるカムイ達の好戦的な様子を見て、困ったように笑っていた。

いつもと変わらない家族の様子を見て、気付けばさっきまで感じていた恐怖は消えていた。

どうせやるしかないんだ。

だったら――いつも通り、全力を尽くすだけだっ！

こうして俺達とアースドラゴンによる最終決戦が、火蓋《ひぶた》を切るのだった――。


ドラゴンと戦った経験は一度もない。

けれど数多の伝承で語られているおかげで、そのおおよその戦闘能力は把握できている。

ドラゴンは魔法をかなり高い練度で使いこなすことができる。

更に言うと大量の魔力を持ち、身体強化と防御にも使用している。

攻撃力と防御力を兼《か》ね備《そな》えている万能型の魔物だ。

得意な魔法を持つことが多く、アースドラゴンは名を冠する通り土魔法を得意としている。

「まずは一当てしにいく――背中は任せたぜ」

肩を叩かれたので、若干固くなりながらもこくりと頷く。

俺を見たカムイは頷きを返し、そのまま前を向いた。

「三人とも、サポート頼んだぜ！」

その姿がブレたかと思うと、カムイの姿が消える。

彼は次の瞬間にはアースドラゴンの方へと駆けていった。

高速で動いているためかいくつもの残像が発生しており、駆ける度にその姿がぶれる。

まるでコマ送りの映像でも見ているみたいだった。

目配せをしてから右に駆けると、俺の意を汲《く》んだメルとアリサが左側へと回っていく。

ドラゴンの左右を固める形で動くのは、俺達にしっかりと注意を向けさせるためだ。

俺達が一番困るのは、ドラゴンが俺達を無視して街の方へ行って暴れることだ。

それを止めるために、なんとかしてこちらに注意を向けさせる必要がある。

ドラゴンを魔法の射程圏内に収めた時には、既にカムイはアースドラゴンの足下に到達していた。

城門へ向かっているアースドラゴンは、カムイの接近を意に介さずにそのまま前に出ようとする。

「へっ、足下がお留守だぜ！」

気付けばカムイが全身から放つ光は更に強くなっていた。

直視できないほど強烈な光は剣にも宿っており、ものすごい速度で斬撃が放たれていく。

「GYAAAAASU⁉」

カムイの攻撃が、アースドラゴンの前足へ襲いかかっていく。

最初から出し惜しみはしていないらしく、しっかりと溜めを作って全身の力を使って剣を振るっている。

攻撃はしっかりと命中していき、肉が断たれていく。

アースドラゴンは自分の前足より小さい人間に理解ができないのか、明らかに狼狽《ろうばい》している様子だ。

「ちっ、流石に硬《かて》えっ！」

ただダメージは与えられているが、表面の肉を浅く裂いただけで骨までは届いていない。

防御力はかなり高そうだ。

カムイを敵と認識したからか、アースドラゴンが顔を下げてカムイへ攻撃を始める。

前足による一撃、跳び上がってのボディプレスや軽く浮遊しての尻尾の一撃。

カムイはそのことごとくを回避しながら、的確《てきかく》にカウンターを当てていく。

縦横無尽に荒野を駆けながら攻撃を続けるその様子は、まるで舞踏でも舞っているようだった。

「GAAAOO！」

アースドラゴンが首を回しながら咆哮を上げると、地面がぐねぐねと動き、大量の土のスパイクが地面に花開いていく。

それを必死になって避けているカムイを見ながら、再度咆哮。

宙に生成された大量の岩石砲が、流星群のように降り注ぐ。

街道と平野を更地にする勢いの大魔法だ。

カムイは回避に徹し避けきれない部分は岩を斬る形で対応していたが、かなりキツそうに見える。

ちなみに余波が城壁の方にも向かっており、城壁のヒビは更に大きくなっていた。

「GYAAA!!」

肉弾戦では勝ち目が薄いと考えたのか、アースドラゴンは高度を取り、そのまま土魔法の範囲攻撃を連発して勝負を決めようとしていた。

アースドラゴンが再び魔法を発動させる——その隙《すき》をつき、俺は無防備な翼目掛けて魔法を発動させた。

使うのは二重に発動させるエクスプロージョン。

カムイに狙いを定めるために同じ場所に留まっていたおかげで、しっかりと狙いを定めるのも容易だった。

魔法は右と左の翼それぞれに着弾し、予想外の攻撃を食らったアースドラゴンが体勢を崩す。

翼をはためかせてなんとかバランスを取ろうとするところに、メルの魔法が襲いかかった。

「ヴォルカニックバースト!」

帝級《ていきゅう》火魔法、ヴォルカニックバースト。

本来であればありえないほどの高温に熱されたマグマが、アースドラゴンの頭上から降りかかる。

メルはそのまま水魔法を使い、マグマを即座に固めてみせる。

翼による制動が利かなくなったことで、今度こそアースドラゴンは地面へと落ちていく。

「ウィンドバースト！」

アリサが放つ風魔法が、カムイの頭上に降り注いでいた岩石を吹き飛ばす。

そして残り少ない岩石の上を、カムイは器用に飛び移りながら移動していった。

「――もらうぜ、その右目！」

カムイの放つ一撃が、なんとかして制動しようとしているアースドラゴンの右目に吸い込まれていく。

アースドラゴンは慌てて右の瞼《まぶた》を閉じるが、カムイが放った一撃はその薄皮を貫通する形で右目を潰してみせた。

カムイが岩を蹴って強引に着地すると、わずかに遅れる形でアースドラゴンが地面に激突した。どうやら体勢を崩したようで、右翼が明らかに変な方向へ曲がっている。

当然ながらその隙を見逃さず、俺とメル、そしてアリサが魔法を放つ。

二重のエクスプロージョンを左翼に集中させると、そちらも軽く弾け飛んだ。

魔法の防御力も高いようだが、攻撃を集中させればしっかりとダメージは通るみたいだ。

「よし、翼はもいで右目も潰した！　気張《きば》れよお前ら、踏ん張りどころだぞ‼」

アースドラゴンへ突貫していくカムイの背中が、大きく見える。

頼りになる大黒柱の声に頷きながら、俺は再び魔法を発動させるために意識を集中させた。

飛行能力を奪えば、ドラゴンといえどただの強靱な肉体を持つ魔物に過ぎない。

その機動力はかなり厄介だが、機動力を削ぐことに関して言えば俺の右に出るやつはいない。

俺はとにかくドラゴンに踏ん張りを利かせないことだけに意識を集中させる。

足下を操作して凹凸《おうとつ》を作ることでつんのめらせ、凍らせることで体勢を崩し、そして地面を泥濘《ぬかるみ》に変えることでその足先に力を込めることをできなくさせる。

幸い攻撃する場所には事欠かない。

カムイはドラゴンの前後左右全てを縦横無尽に駆け回りながら、その身体を切り刻んでいった。

カムイが剣を振る度に、ドラゴンから血しぶきが上がる。

こうして一緒に戦うのは初めてのことのはずなのに、俺にはカムイがどこを狙っているのかが、手に取るようにわかった。

体勢を崩したところに相手に立て直させる隙を与えないのはメルの魔法だ。

彼女は生じた変化を時に大きくし、相手が対応してこようとするのなら敢《あ》えて小さくすることで意表を突く。

アリサは使える場所では魔法を使い、こちらに注意が向きそうになった時には逆側に立って
アースドラゴンの意識を引きつけたりと、俺達が力を発揮できる環境を整えるためにその力を

使ってくれていた。

この場で最も非力なのはメルなので、彼女が狙われそうになった場合は俺も接近戦に交じることで強引にタゲを取りにいった。

俺もアリサも、ヴィクトールさんのおかげで身体強化の連続使用には慣れている。

多少使った程度で息が上がるような無様《ぶざま》は晒《さら》さない。

しっかりと担当が決まっているので、多少予想外のことが起きてもしっかりと対処することができる。

俺達は熟練の冒険者パーティーもかくやというぴったりと息の合った動きで、アースドラゴンに一方的にも思えるほどに攻撃を加えていく。

「GUOOOOOOOOOO!!」

既にアースドラゴンからは、余裕が消え去っていた。

俺達をなんとか倒そうと、必死になって遮二無二《しゃにむに》攻撃を仕掛けてくる。

だがアースドラゴンの攻撃は、十分に対処可能の範囲内。

土魔法を使おうとすれば俺達が防ぎつつ魔法を入れ、接近戦はカムイが封殺しながら斬撃を放ち続ける。

そして数分にも数時間にも思える激闘の末……。

「GU……A……」

ズズゥンと大きな音を立てて、アースドラゴンが地面に沈み込む。

そして二度と起き上がることはなかった。

念のために死体蹴りをして生死をしっかりと確認したカムイが、こちらを見つめる。

そしてグッと拳《こぶし》を掲《かか》げた。

俺達も拳を振り上げ、合流した。

「ありがとよ、おかげで動きやすかったぜ」

お互いの腕がクロスするような形でぶつけてから、拳を打ち付け合う。

それ以上の言葉は、要《い》らなかった。

「私達の、勝利よっ！」

アリサが手に持っている、ドラゴンの血に染まっている剣を高く掲げる。

城壁の上から前のめりになって戦闘に見入っていた兵士達から、わっと大きな大きな歓声が上がる。

こうして俺達は無事、今回のスタンピードの原因を打ち倒すことに成功するのだった――。


「ええいっ、どうしてこうなった！」

マルセルに放っていた密偵からもたらされた情報は、フリードリヒを激昂させるに十分なものだった。

部屋中の調度品を叩き壊し、壁に穴を開けても、彼の心はまったく落ち着きを取り戻してはくれなかった。

――アリサ、スタンピードを無事鎮圧。

更に最強種であるアースドラゴンを討伐し、新たなドラゴンスレイヤーが誕生。

今はまだ辺境の一部にしか聞こえていないはずだが、早晩《そうばん》この情報は王国中を駆《か》け巡《めぐ》ることになるだろう。

ドラゴンスレイヤーというのは、数多の逸話の残る、英雄の偶像そのものである。

龍を倒すことができるだけの力を持つということは、純粋なシンボル以上としての大きな意味を持つ。

国で暮らす者達は、王が代替わりしようが大した興味を持たない。

精々がまた税金が上がるのだろうと愚痴《ぐち》をこぼすくらいだ。

だがそんな彼らが、ことさら重視するものがある。

それは――所属する国が、自分達の身を守ってくれるだけの武力を持っているか否《いな》かだ。

未だ魔物被害の多いこの世界において、圧倒的な武力を持つことはその場所で生きていくことの安全性とイコールである。

故《ゆえ》に平民は何よりも、国に強さを求める。

このままいけば、メルとアリサは王族の中でも間違いなく強い発言権を持つことになるだろう。

力ある者を何より好むガゼルなどは、間違いなく彼女達を自陣営に取り込もうとするはずだ。

こうなってしまうと彼女達の襲撃を企《くわだ》てたことが尾を引いてくる。

証拠は残していないが、状況から考えれば真《ま》っ先《さき》に疑われるのは自分になるはずだ。

「なぜだ――カムイの強さは良くて剣聖程度のはず。いくらメルやアリサが力を貸したといっても、ドラゴンを倒せるはずがない！」

生まれながらの王族であるフリードリヒに、理解できるはずがなかった。

王族を捨ててもなお逃れることのできぬ俗世のしがらみを断ち切るために、カムイが死に物狂いで努力する必要があったことを。

彼に置いていかれることのないよう、メルもその後ろをしっかりと歩んでいたことを。

そしてそんな二人に育てられた麒麟児《きりんじ》達が――自分が引き金を引いた転移事件のせいで、両親に負けぬほどの才を開花させつつあることを。

「これ以上あの女どもにデカい顔をさせるわけには……再度刺客を送るか？　いや、下手に王国の中で動けばペルセルやガゼルに気取られる。業腹《ごうはら》だが、今は静観するしかないか……」

フリードリヒは一人自室で唸《うな》ると、気を取り直して新たな策謀《さくぼう》を巡らせる。

本来であれば眠っていたはずの虎を自身の手で起こしてしまったことを――彼はまだ知らない。

ドラゴンを討伐して最大の山場は越えた俺達だったが、やらなければいけないことは多かった。

というかむしろ、そこからが本番だったと言っていい。

ドラゴンを倒したとは言っても、ドラゴンが森から追い出した魔物達はまだまだ健在だったからだ。

まずは城壁の周辺に溜まっていた魔物達を倒し、それが終わったら各地に散らばろうとしている魔物達をひたすらに潰していく。

俺とメルがひたすらに魔物を探してはアリサとカムイが斬り伏せていくというサーチ&デストロイを繰り返しながら、昼夜も関係なくとにかく魔物と戦い続けることになった。

睡眠時間を削りながら戦うこと一週間ほど。

幸い俺達の戦いを見ていた防衛部隊の士気が極めて高かったおかげで、人海戦術を使うことでラージュ大森林から飛び出して来た魔物は、おおよそ狩り尽くすことができた。

かなり離れたところまで行けばまだ魔物はいるが、強力な魔物は優先的に間引いたので、後はマルセルの街にいる人員だけでなんとかなるだろう。

防衛任務はここで完遂したと判断して、紫鳳騎士団の皆と一緒に王都へと戻ることになった。

「覚悟しとけよ、多分すげぇことになっているからな」

最初はカムイが言っている言葉の意味がわからなかったが、実際に王都についてみればすぐにわかった。

どうやら俺達がドラゴンを倒したという話が市井にまで広がっているようで、俺達が帰還すると街がお祭り騒ぎになっていた。

「あ、握手してください!」

「アリサ様〜、メル様〜、こっちを向いて〜っ!!」

皆が新たに誕生したドラゴンスレイヤーを一目見ようと、馬車の周りに人だかりができている。

まるでパレードでもしているような気分だ。

ちなみに王都の衛兵達はこうなることをあらかじめ予期していたらしく、俺達の乗っている馬車の周囲には警備兵達がみっちりと詰めている。

紫鳳騎士団の方が一足先にそそくさと帰ってしまったため、馬車の中にいるのは俺達四人だけだ。

「すごいわね……」

アリサは窓にかけてあるレースのカーテンを軽くめくると、ガラス越しからでも伝わってくる熱狂を呆《ほう》けたように見つめていた。

ちなみに俺も似たようなものだ。

まさかこんなことになっているとは。

「確かに強かったけど、ドラゴン討伐しただけでこんなことになるの？」

「そりゃあ、ヒュドラシアで最後にドラゴンスレイヤーが出たのなんて今から百年以上前のことだからな。まあ浮かれるのも無理ねぇことだろ」

ドラゴンの厄介なところは、めちゃくちゃに強いくせにヤバくなるとすぐに空を飛んで逃げていく点にあるのだという。

今回の場合、俺がエクスプロージョンを使いまくって空から落として翼を折っておいたのがデカかったらしい。

ある程度狙ってはいたけれど、どうやら自分が想像していた以上にファインプレーだったらしい。

「あのドラゴンは俺とメルだけじゃあ、間違いなく倒せなかっただろう。今回は家族全員で戦ったからこそ、勝利が得られたわけだ」

カムイはそう言うと、どこか気恥ずかしそうな様子で鼻を擦《こす》る。

空いた左の腕を、微笑を浮かべるメルが取っていた。

二人はお似合いの夫婦だと思う。

王城に戻ると、人の数は徐々《じょじょ》に減っていった。

そのまま謁見の間に連れて行かれるということになり、案内されるままに中へ入っていく。

すると俺達の前に、一人の男が現れた。

一言で表すのなら、ムキムキの武人といった感じだ。

しっかりと切り揃えられた髭《ひげ》に、鍛《きた》え上《あ》げられていることが一目でわかる体軀《たいく》。

こちらを見る視線は、好奇からかキラリと光っている。

その人物を見た瞬間、カムイとメルが慌てて頭を下げる。それに倣《なら》い俺達も頭を下げる。

「これは――ガゼル様についてはご機嫌《きげん》うるわしゅう」

誰かと思えばこの人が王位継承権第二位である、ガゼル王子だったらしい。

顔を上げてみると、ガゼル王子はブンブンと手を大きく振った。

「メルよ、そんな他人行儀なことを言ってくれるな。小さい頃は兄様兄様と我の後をついてきてくれたではないか」

「私は既に王女であることを捨てた身です、以前のようにはいきません」

「むぅ……我は気にしないが、たしかに周りがうるさいか。わかった、思うようにしてくれ」

ガゼル王子は視線を外すと、そのままカムイと……そしてアリサの隣にいる俺を見た。

この人……かなりできる。

ヴィクトールさんほどではないけど、今の俺が手合わせをすれば勝てないであろう手練《てだ》れだ。

「聞いたぞカムイ、ドラゴンを倒したそうだな」

「はっ」

「我が国に新たなドラゴンスレイヤーが生まれたことを嬉しく思う。最近はラカント大陸もどうにもきな臭い。久方ぶりの喜ばしいニュースに、聞いた時は思わず快哉《かいさい》を叫んだぞ」

「自分一人の力ではありません。うちの子達が優秀なおかげでして」

「ほう、そなた……クーンと言ったか」

どうやら俺の情報もしっかり持っているらしい。

頭を下げながら、以前メルから仕込まれた礼儀作法を披露する。

「はい、お初にお目にかかりますガゼル殿下」

「メルの子供であるのなら、俺にとっても親戚のようなものだ。たとえ血は繋《つな》がっていなくとも、気軽におじさんと呼んでくれていいぞ」

「それでしたらガゼル様、と呼ばせていただきたく」

「ふむ……なかなかに見所がありそうだな、今度手合わせでも願おうか」

「その時が来たら、ぜひお願い致します」

もし戦うことになったら、間違いなく俺が胸を借りることになるだろう。

まあ王族に怪我をさせるようなことがあったらマズいし、万に一つもない可能性だろうが。

「おぉ、そうだ言い忘れていた」

別れ際、なんでもないような顔をしてガゼル王子はピンッと人差し指を立てる。

けれど気軽な様子に反して、口にする言葉は重かった。

「我率いる武官派閥は、メル達を歓迎する用意がある。もし力が借りたくなったらいつでも言ってくれ。その時は快く我が陣営に迎え入れることを、このガゼルの名において約束しよう」

彼の言葉を聞き、俺は戦いが起こるのは外でだけではないということを思い出す。

権力闘争の場である王城もまた、一つの戦場なのだ。

アリサがこれから身を置こうとしている王族の社交とは、まだ全貌も見えぬほどに深い魔窟《まくつ》なのである。

ガゼル王子が去った後、アリサの眉間には皺《しわ》が寄り、その身体はわずかに震えていた。

当然だ、これからはどこでも気を抜くことができないとわかれば、不安になるに決まっている。

だから俺はそっと、彼女の手を取った。

「大丈夫だよ。アリサはもう一人じゃない。隣には俺がいるし、後ろにはカムイとメルがいる」

「……うん」

きゅっと手を握り返してくる。

気付けば顔の険は取れ、身体の震えも止まっていた。

「それじゃあ気を取り直して……行きましょうか、陛下に会いに」

そう言って前を向くアリサは、今まで見た中で一番の精悍《せいかん》な顔つきをしていた。

一人で道を歩き続けることには、不安が伴う。

だけど別に、一人で歩かなければいけないなんてルールはないのだ。

困った時には誰かの肩を借りてもいいし、おぶってもらったっていい。

以前とは違い、今の彼女はもう一人じゃない。

どんな時だって、隣には俺がいる。

きっと今のアリサなら、前よりもずっと素直にカムイ達に頼ることだってできるはずだ。

アリサがくるりと後ろを振り向く。

釣られて俺も半回転する。

後ろにいるカムイとメルは何も言わず、ただゆっくりと頷いた。

俺達は一度視線を交わしてから、謁見の間へ向けて歩き出す。

きっと今後も、色々と問題が起こるだろう。
けれどまったくと言っていいほどに、不安は感じなかった。
俺達が、家族が力を合わせればできないことなんてない。
どんな不可能だって可能にできると、そう信じることができるから――。

あとがき

初めましての方は初めまして、そうでない方はお久しぶりです。しんこせいと申す者でございます。

私事ですが、最近ウイスキーを嗜《たしな》み始めました。

といっても、そこまでガチガチにやっているわけではありません。

ふるさと納税で手に入れてみたり、クリスマスプレゼントでもらったり、貯まっていたポイントを使ってネットショッピングで買ってみたり……案外お金を使わずに楽しめています。不思議なことにウイスキーを買い始めると月々の出費と体重がちょっとだけ減りました。

今までは仕事の後に甘い物を食べたり、飲みたいなと思った時にコンビニでお酒を買ったりしていたんですが、どうやらそれがなくなったのが大きいみたいです。

めちゃくちゃざっくり分けると、ウイスキーには色んな場所で作ったお酒を混ぜ合わせて作ったブレンデッドウイスキーと、一個の蒸留所で作ったシングルモルトの二種類があります。

一般的には前者の方が飲みやすく、そして後者の方が蒸留所ごとの癖《くせ》が出ると言われております。

作品でもなんでも加点方式で尖《とが》ったものが好きな質《たち》なので、当然僕は後者が好きです。

僕は基本的には甘いウイスキーが好きです。

ウイスキーって蒸留酒なんで糖質は入ってないんですが、原料や樽材の甘さが出るんです。そしてそれぞれそのニュアンスが違う。大雑把にわけると青リンゴっぽいものにレーズンっぽいもの、キャラメルみたいな感じのものなんかがありまして、僕は甘ければなんでもどんと来いです。

今のところコスパと味で一番気に入っているのはグレンリベットの12年。

気になっているけど高くて尻込みしてしまっているのがマッカランの12年。

高級なお酒も気兼《きが》ねなくポチれるような大物になるまでは、趣味の範疇《はんちゅう》で楽しんでいこうと思います。果たして一体いつのことになるやら……。

酒カスな話はこれくらいにしておきまして。

『転生五男』、楽しめていただけましたでしょうか？

今作はカクヨムネクストさんからの書籍化作品という形になります。

実は僕、ここ最近はめっきり数の減ってしまった立ち上がりゆっくりめな異世界転生ものが大好きでして……作者の好きをぶち込んだ小説になっております。

自分はかつて流行《はや》り歴史の波に飲まれていった、なろうの色々な作品群が好きです。

戦記ものや魔物転生、地球と異世界行ったり来たりに内政tueee、硬派なダンジョンもの……ＷＥＢ小説にはどうしても流行り廃《すた》りがありますが、一人くらい好きな物を手当たり次第に書き散らす作家がいてもいいですよね！

あ、でも自分はミーハーなところもあるので、乗りたい時には流行に乗ったりすることもあったりします。やりたい放題ですみません……日々精進して、皆様の期待だけは裏切らないように頑張れたらと思います。

他社さんの作品ですが、双葉社さんから出している『アラサー魔術師』やGAさんからの書籍化が決定した『ダンジョンマスター』なんかは、僕の好みがモロに出ていると思います。そして今作の『転生五男』も、普通であればなかなか書籍化に踏み切りづらい内容かと思います。

カクヨムネクストさんだからこそできた懐《ふところ》の深さに、このしんこせい頭が上がりません。

謝辞に移らせて頂きます。まずは自分を見いだしてくれた編集のG様、ありがとうございます。あなたがいなければ僕がこの作品を書き上げることはなかったと思います。また一緒にお仕事してくれると嬉しいです。

イラストレーターのコダケ様。僕のふんわりとしたキャラ指定から美麗なイラストを起こしてくださりありがとうございます。クーンが想像の五倍くらいかっこよくてびっくりしました。

そして、こうして今作を手に取ってくれているあなたに何よりの感謝を。

今こうして読んでくださっている皆さんは、WEBの方からやってこられたのでしょうか？　それとも書店で見かけ、手に取ってくださったのでしょうか？

始まりはどうであれ、今後ともお付き合いいただけると幸いです。

あなたの心に何かを残せたのであれば、作者としてそれ以上の幸せはございません。

それでは、また。

あとがき

こんにちは、
コダケです！
今回キャラデザも
構図も自由度高く
選ばせていただき、
とても楽しく作業を
進めることができました！

作家のしんこせい様、
出版社の方々、
そしてご購入
いただいた皆様に
心から感謝
申し上げます！

コダケ

転生《てんせい》したら没落《ぼつらく》貴族《きぞく》の五男《ごなん》だったので温《あたた》かい家庭《かてい》を目指《めざ》します！
～騎士《きし》から始《はじ》める家族計画《かぞくけいかく》～

2024年12月30日　初版発行

著　　者　しんこせい
イラスト　コダケ
発 行 者　山下直久
発　　行　株式会社KADOKAWA
〒102-8177 東京都千代田区富士見2-13-3
電話 0570-002-301（ナビダイヤル）
編集企画　ファミ通文庫編集部
デザイン　AFTERGLOW
写植・製版　株式会社スタジオ205プラス
印　　刷　TOPPANクロレ株式会社
製　　本　TOPPANクロレ株式会社

ISBN978-4-04-738191-9 C0093

Comment
シスコンじゃん
Comment
こいついっつも燃えてるな
Comment
同期が初手解雇は草

ソードマン
[バスタード・ソードマン]

STORY

突如として人類の敵である怪人が出現してから約一年。迷い込んだ研究施設から戦闘スーツを盗み出した穂村克己は、“黒騎士”として暗躍していた。自身を襲ってくる怪人を倒したり、時には怪人に襲われている人を助けたり。しかし所詮は盗んだ戦闘スーツで自由を謳歌し、怪人との戦闘で街を破壊する犯罪者。

『正義の味方“ジャスティスクルセイダー”に敗れ、死を迎える』

それが克己の思い描く黒騎士の最期。だったのだが……なぜかジャスティスクルセイダーに勧誘されることに!?

実は世間では黒騎士はダークヒーローとして人気者だった上に、衝撃の事実が明らかに!?　果たして黒騎士の運命は——。

自身をワルモノだと思い込む勘違い系ダークヒーローと、その熱狂的ファンによるドタバタコメディ、開幕!

追加戦士になりたくない黒騎士くん

B6単行本

KADOKAWA/
エンターブレイン 刊

黒騎士くん

I was recruited by the Justice Crusader!?

著 くろかた
illust. ギンカ
「君、一般人からもワルモノとして見られてないよ?」
これは勘違い系ダークヒーローのお話である。
追加戦士になりたくない